Über den Autor

Martin Kaminski

Jahrgang 1968, ist Rettungssanitäter, Erzieher, Diakon, Liedermacher und evangelischer Pastor. Er lebt auf einem Bauernhof mit vielen Lieblingstieren in Ostfriesland und wohnte zuvor Jahrzehnte im Rheinland. Martin Kaminski ist verheiratet und vierfacher Vater. Seit 1990 arbeitet er unter anderem für die die Evangelische Kirche. Im Nebenberuf war er von 2011 bis 2022 als Omnibusfahrer für Linien- und Reiseverkehr bei verschiedenen Betrieben tätig.

Vorwort

Zwischen der ersten und dieser zweiten, überarbeiteten Auflage der Träume des Busfahrers liegen fast 11 Jahre. Man kann die beiden anderen Busfahrererzählungen auch lesen, muss man aber nicht. Natürlich lernt man Berti und seine Welt besser kennen, wenn man sie liest.

Viele reale Begebenheiten liegen den drei Erzählungen zugrunde. Dennoch sind die Bücher weder biographisch, noch gibt es eine der Figuren wirklich. Auch Berti bin nicht ich, wenngleich er viel von mir hat. Die Kapitel entstanden in ihrer Zeit, also vor manchen Krisen dieser Tage.

In den Träumen des Busfahrers „realisiert" Berti traumversunken das, was ich mir manchmal gewünscht habe: Dabei gewesen zu sein! Diese Erzählung taucht in die Welt der Bibel gestern und heute ein. Vielleicht kommt uns so die Botschaft nahe.

Martin Kaminski, im Oktober 2022

Martin Kaminski

Die Träume
des Busfahrers

Erzählung

© 2022: Martin Kaminski
Umschlag, Illustration: Tredition, Mimi Kaminski
Lektorat, Korrektorat: Harald Steffes

Druck und Distribution im Auftrag
tredition GmbH, Halenreie 40-44, 22359 Hamburg,
Deutschland

ISBN
Paperback   978-3-347-75124-8
e-Book   978-3-347-75125-5

Fuck!

„Fuck!"

„Das ist aber kein schönes …"

„Das ist ein *sehr* schönes Wort!"

Der 12jährige Nils blickte finster aus dem Fenster. Sein Vater stellte seinen Busfahrerrucksack ab und näherte sich seinem Sohn behutsam. Nils drehte sich um und drückte sich einen kurzen Moment an ihn. Berti mochte das. Er konnte fühlen, wie sein Sohn zwischen Nähe suchen und Abstand wahren hin und her gerissen war. Das kannte er schließlich noch von sich selbst. Auch er war ja mal 12 gewesen …

„Was ist denn so fuck?" fragte Berti und ließ Nils sofort wieder los.

„Das alles hier ist fuck."

Nils meinte seine Hausaufgaben. Sie lagen neben ihm auf dem Tisch und es sah so aus, als könne man die Hefte, Zettel und Bücher unmittelbar dem Altpapier zuführen. Berti ließ seinen Blick darüber wandern. „Oh", sagte er dann. „Die Bibel?"

„Ach, die …"

Nils zuckte mit den Schultern. „Das ist noch das wenigste. Mathe habe ich fast fertig und dann muss ich noch scheiß Englisch und scheiß Französisch machen. Und Reli – ach – das mache ich morgen."

Nils hasste die Schule. Das war nichts Neues. Und auch wenn Berti ihn gut verstehen konnte, es half ja nichts. Da musste „man" irgendwie durch.

„Ja, fuck!" sagte Berti leise.

„Man kann das auch laut sagen", zischte Nils und dann brüllten sie einmal kurz und heftig: „Fuck!"

Sie mussten lachen, knufften sich einmal kurz und machten sich dann auf den Weg, um Niklas von seinem Freund abzuholen. Berti ließ seine Dienstbekleidung an. Niklas liebte es, wenn sein Vater ihn so abholte, denn er war sehr stolz, dass Berti Busfahrer war.

„Ich kann Dir ja gleich ein bisschen helfen", schlug Berti vor, als sie die Tür hinter sich zugemacht hatten. „Du?" fragte Nils und grinste. „Du weißt ja nicht mal mehr, wie man auf dem Blatt dividiert!"

Das stimmte. Als Berti es neulich versuchte, um aus-
zurechnen, wie viel Geld pro Kopf exakt vom Weih-
nachtsgeld übrigblieb, war er gnadenlos gescheitert.
„Aber ich kann englisch", sagte Berti.

„Bleib locker. Du kannst ja Reli machen."

„Hausaufgaben in Reli? Was soll'n das überhaupt?" Berti erinnerte, dass sie früher in Religion
meistens Filme angesehen oder über irgendetwas
diskutiert hatten. Aber Hausaufgaben?

„Tja, der neue Lehrer denkt wohl, wir hätten sonst
noch nicht genug zu tun …"

Berti musste lachen. Und das, obwohl er fand, dass
diese ganze Schulsache alles andere als lustig war.
Nach seinem Gefühl wurde der Druck für die Kinder
und Jugendlichen immer größer. Wer's nicht auf's
Gymnasium geschafft hatte, war ja ohnehin schon
mal benachteiligt. Und die Oberschlauen sollten ihr
Abi dann in kürzerer Zeit schaffen, das anschlie-
ßende Studium auch, nur um im so genannten Wettbewerb besser bestehen zu können. Wettbewerb,
was für ein dämliches Wort. Wett – das kam bestimmt von Wetten und war also wahrscheinlich
eher ein Glücksspiel. Oder kam es von Wetter, was
ja auch machte, was es wollte? Und Bewerb? Hatte

das etwas mit Werbung zu tun? Also dem Anpreisen von Dingen und der Manipulation von Menschen?

Fuck Wettbewerb!

Berti liebte seine Kinder. Busfahrer hin oder her – klar war das ein anständiger Beruf, aber er wollte doch schon ganz gerne, dass seine Kinder einen Beruf erlernen konnten, mit dem sie später einmal etwas mehr Gestaltungsspielraum hatten. Ja, er liebte sie. Wahrscheinlich mehr als alles andere.

Er liebte den kleinen Niklas, für den selbst die Operation an seinem kleinen Pillermann eine Art Abenteuer war. „Vierte Kinder haben vor gar nichts Angst", hatte Bertis Schwiegervater Reinhard gesagt, als er seinem Schwiegersohn bei der Wäsche half. Die beiden waren Freunde, sehr gute und sehr ungewöhnliche Freunde. Berti sagte nicht, dass er diesen Satz für Blödsinn hielt. Jeder Mensch hatte nach Bertis Meinung Angst, manche mehr, manche weniger.

Reinhard zu widersprechen war aber relativ sinnlos. Reinhard, pensionierter Pfarrer, hatte immer das letzte Wort. So war das nun einmal und eigentlich mochte Berti, dass es so war.

Nele, Bertis Frau, war mit Niklas im Krankenhaus geblieben. Berti und Reinhard kümmerten sich um den heimatlichen Kleinbetrieb. Nur ganz kurz hatte Niklas weinen müssen, als die Schwestern ihn in den OP rollen wollten. Er krallte sich an Berti fest und schluchzte. „Von wegen keine Angst", hatte Berti gedacht und trotzdem gelächelt. Ein Arzt mit weißem Haar wuschelte Niklas über den Kopf und sagte: „Na, Kerlchen? Willst Du Papa mitnehmen? Das geht leider nicht. Aber ich habe eine andere Idee. Ich hole den Kram einfach nach hier draußen." Der Arzt verschwand kurz und kam mit einer kleinen Spritze wieder. Sanft setzte er sich auf den Bettrand und pikste Niklas fast wie nebenbei. „Nun schlaf schön", murmelte er. „Wenn alles vorbei ist, sehen wir uns wieder."

Berti war von der Arbeit der Schwestern und Ärzte tief beeindruckt. Sie leisteten wirklich Großartiges. Auf engstem Raum und unter sicherlich schwierigen Bedingungen gaben sie jedem Kind und seinen Eltern das Gefühl, nur für sie da zu sein. Seine Kollegen und seine Nachbarn hatten Berti gewarnt und betont, wie chaotisch die Zustände in der Kinderklinik seien. Und ja, es war alles eng und kam Berti vor, als habe man die Kinderklinik im Gesundheitssystem einfach übersehen. Die Menschen die hier arbeiteten machten dies aber allemal wieder gut, das fand auch Nele. Sie schlief auf einer Art Pritsche mit drei weiteren Müttern und deren Kindern in einem Zimmer, das eigentlich höchstens zwei Kranken ausreichend Raum bot. Und sie tat dies mit einer Engelsgeduld. Berti wäre das sehr schwergefallen. Seit er als Kind wochenlang in Quarantäne gewesen war, trieb ihm schon der Gedanke an Krankenhäuser den Angstschweiß auf die Stirn.

„Du bist eine fabelhafte Mutter, Nele" flüsterte Berti, als er am Abend nach der OP nach Hause fuhr.

„Schleimer", antwortete Nele. „Das sagst Du doch nur, weil Du froh bist, dass ich es in diesem Affenstall hier aushalte." Dann küsste sie ihn und dieser Moment gehörte zu den „besonderen" – das spürte Berti sofort.

Als sie Niklas schon nach zwei Tagen wieder mitnehmen konnten und alles wider Erwarten sehr gut verlaufen war, konnte Berti gar nicht aufhören „Danke, lieber Gott" zu flüstern. Und jeden Abend quetschte er seine Hände zusammen und betete für die, die nicht immer so viel Glück hatten wie er selbst … - für all jene, die eben dableiben oder sogar am Ende allein nach Hause gehen mussten.

Er liebte Nils, seinen 12jährigen, der bitter geweint hatte, als Berti ihm von der notwendigen Operation bei seinem kleinen Bruder erzählt hatte. Er wollte mitgehen und dabeibleiben, auf Niklas aufpassen und ihn verteidigen, wenn es nötig war.

Berti liebte Nina. Sie war inzwischen sechzehn und so sehr mit sich selbst beschäftigt, dass sie die meisten Sachen eher im Vorübergehen zur Kenntnis nahm. „Mir egal …" hatte sie gesagt und war fernsehen gegangen, als Berti und Nele neulich fragten, ob sie gemeinsam mal zu einer Familienberatung gehen sollten. Berti hatte mit den Schultern gezuckt und Nele hatte sich einmal mehr geärgert.

Erst Wochen später fand Berti seine Tochter weinend in ihrem Zimmer und hielt sie dann lange in seinen Armen. Immer wieder musste er ihr sagen, dass es nicht ihre Schuld war, dass die Dinge manchmal ein wenig aus dem Ruder liefen. Nicht ihre Schuld. „Aber ihr streitet immer wegen mir", hatte Nina geschluchzt und Berti war nichts Besseres eingefallen, als zu sagen: „Nicht wegen Dir. Wegen uns. Und Du bist halt ein Teil von uns. Jetzt bist Du groß und wir müssen kapieren, dass Du kein Teil von uns mehr bist."

„Will ich aber sein!"

„Kannst Du ja auch sein."

„Das ist bekloppt."

„Ja. Deswegen streiten wir ja auch. Ich hab Dich lieb!"

„Ich hab Dich auch lieb."

Berti liebte Nora. Sie war vor kurzem auch ausgezogen und studierte nun anderswo. Nora kam ihm so ungeheuer erwachsen vor. Liebevoll blieb sie „geistig" in der Nähe ihrer Eltern. So hatte sie es selbst formuliert. Sie machte nicht viele Worte. Es waren eher zarte Gesten und freundliche Berührungen, die beiden Eltern auf wundersame Weise versicherten, dass sie beide schon ganz in Ordnung waren.

„Ich staune über Dich", hatte Berti einmal gesagt, als er mit seiner erwachsenen Tochter im Kino war. „Woher hast Du nur diese wunderbare Art mit Menschen umzugehen?"

„Von Mama!" hatte Nora gelacht.

Als Berti ein bisschen traurig zu Boden blickte, ergänzte sie: „Und von Opa!"

Dann mussten beide lachen. Das war schön.

Berti liebte auch Nele, seine Frau. Ein halbes Leben waren sie zusammen und in dieser ganzen Zeit hatte Berti sich nie vorstellen können, einmal ohne Nele zu sein. Sie war Psychologin. Das machte die Sache manchmal nicht unbedingt einfacher.

Sie hatten sehr viel gelacht und sehr viel gestritten in all diesen Jahren. Sie waren sich nah und manchmal fremd. Wie eben alle anderen Menschen auch. Berti hatte nie geglaubt, dass sie beide einmal nicht mehr weiterwissen könnten. Einmal, vor gar nicht langer Zeit, hatte es fast den Anschein, als sei dieser Punkt gekommen. Berti war nach einer Grippe und viel zu vielen Nachtdiensten einfach zusammengeklappt. Und ihn beschlich das Gefühl, dass sich dafür eigentlich niemand so richtig interessierte. Er nahm immer weiter ab und haderte mit sich und seinem Leben.

„Midlife-Crisis", hatte sein Kollege Reifferscheid gespottet. „Arschloch!" hatte Berti gesagt und ihm die Zigarette aus dem Mund geschnippt.

Bertis Freund Günter besuchte ihn damals und sagte: „Berti, Du hast Deine Kräfte komplett aufgebraucht. Nun musst Du wieder auf die Beine kommen. Das geht nur allein."

Berti hatte das erst nicht verstanden. Er wollte gerne, dass ihm jemand aufhilft, ihn hochzieht und auf seine Füße stellt. „Das willst Du doch gar nicht", hatte Günter gesagt. „Du bist ein Vorsteiger, ein Alleinkletterer ..."

Günter war früher Bergsteiger gewesen. Berti nahm es also hin und siehe da, er konnte zum ersten Mal in seinem Leben annehmen, dass er am Ende war. Und er vertraute auf das, was seine Freunde ihm rieten.

Günter zum Beispiel musste es wirklich wissen. Im Hinfallen und immer wieder Aufstehen war er sehr erfahren.

Als Bekannte, Kollegen und Nachbarn von Bertis Zusammenbruch hörten, reagierten sie seltsam.

„Sag mir, dass es nicht wahr ist!" sagte eine Nachbarin und schlug die Hände über dem Kopf zusammen.

„Burnout. Klarer Fall!" sagte der Betriebsrat.

„Schwachsinn, der und Burnout. Du spinnst doch!" sagte der andere Betriebsrat.

„Das hätte ich nie gedacht", sagte die Pfarrerin.

„Ich schon" sagte Bertis Tennispartner.

„Das kann nicht sein", sagte Bertis Freund Karl.

„Das kann sein", sagte Nele.

„Das ist!" sagte Günter.

Natürlich, das englische Wort mit den vier Buchstaben war kein schönes Wort. Dennoch hatte Nils Recht. Es beschrieb weite Teile eines unausgewogenen Zustandes ziemlich treffend. Es drückte einen Teil traurigen Ärger, aber auch eine gewisse Lebendigkeit aus. Und man konnte es leise, laut, resigniert, wütend, kämpferisch und fassungslos sagen.

Nein, es war kein schönes Wort.

Aber schließlich beschrieb es ja auch nichts Schönes.

Verrückt, wie viele Gedanken man sich auf so einem kleinen Spaziergang machen konnte. Nils und Berti klingelten und Niklas sprang ihnen entgegen. „Alles gut?" flötete die Mutter von Niklas´ Freund. „Ja, und selbst?" trällerte Berti zurück, wohl wissend, dass keine der beiden Fragen eine ernsthafte Antwort verdient hatte.

Daheim angekommen machten sich Berti und seine Jungs einen Kakao und setzten sich neben die große Kiste mit den hölzernen Krippenfiguren. Nele hatte sie ihm letzte Woche vom Speicher geholt. Darüber hatte sich Berti erst gewundert, denn es war schließlich erst Anfang November.

„Hier. Ich weiß doch, dass Du es kaum erwarten kannst, Du Vogel!" hatte sie gesagt.

Berti hatte die Kiste wortlos lächelnd davongetragen. Er LIEBTE Weihnachten und alles, was damit zusammenhing. Dieses Jahr hatte er am 20. August beim Discounter die ersten Lebkuchen gekauft und sie mit seinen Jungs beim Kanufahren als Picknick verputzt. Die beiden fanden die Idee gut, die Krippe bereits jetzt im Wohnzimmer aufzubauen. Und heute sollte es so weit sein.

Auf dem Tisch lagen noch immer die Hausaufgaben. Als Nils gerade eine Figur aus der Kiste nehmen wollte, legte Berti ihm sanft die Hand auf den Arm.

„Erst Hausaufgaben …" flüsterte er.

„Fuck", sagte Nils. „Mensch Nils", pflaumte ihn Berti an. „Heb Dir das Wort mal für bedeutendere Momente auf. Nils grummelte und schlug wieder sein Matheheft auf. Berti nahm die Bibel in die Hand und schlug sie in der Mitte auf. „PSALM 144.145.146" stand oben auf der Seite. Es las sich fast wie die Mitgliedsnummer seiner Krankenkasse. „Wusstest Du, dass die Psalmen genau in der Mitte stehen?" fragte er Nils. „Ja", sagte Nils.

„Ja? Wieso weißt Du so was?"

„Weil ich welche übertragen muss."

„Übertragen? Hä?"

„Wir sollen einen Psalm nehmen und lesen und das dann so aufschreiben, wie wir es verstehen. Die Reli-Tante sagt, das seien dreitausend Jahre alte Gedichte und Lieder und die würden bis heute das Leben der Menschen bombig beschreiben. Naja. Letzte Woche mussten wir das auch schon machen."

„Als Hausaufgabe in Reli?"

„Als Hausaufgabe in Reli!"

„Liebe Güte. Könnt ihr nicht lieber einen Film ansehen oder über Aids diskutieren?"

„Nö."

Berti schüttelte den Kopf und schämte sich sofort ein bisschen dafür, dass er vor Nils so getan hatte, als wäre Religion ein eher belangloses Fach. Nur weil er selbst das immer so erlebt hatte, musste es ja für andere nicht auch so sein.

„Welchen hast Du genommen? Hundertvierundvierzig?"

„Eins."

„Den ersten? Einfach den ersten?"

„Einfach den ersten."

„Kann ich ihn lesen?"

Nils sagte nichts. Also nahm Berti das Reliheft, schlug es auf und las …

Wege (Psalm 1)

Ich wünschte, wir würden uns nicht so weit von Dir entfernen, Gott.

Was uns zusammen hält, ist ja oft das Fremdsein.

Wir lachen über das, was uns einst heilig war.

Es wäre ein Segen, wieder auf Dein Wort zu hören.

Sich bei Licht und Dunkelheit zu erinnern,

an Dich.

So könnten wir sein wie die Bäume,

verwurzelt, lebendig.

Und Leben bringend für andere.

Dieses Leben hat Bestand.

Es bringt Segen, durch Dich in uns.

Wer sich von Dir entfernt wird einsam.

Er kann sich nicht halten in den Stürmen der Zeit.

Er kann keine sicheren Schritte mehr wagen.

Am Ende verzagen wir dann und sind voller Angst.

Fern voneinander und fern von Dir.

Aber Du kennst uns.

Du lässt uns nicht los. Gott sei Dank.

Damit wir nicht verloren gehen.

Berti war sprachlos.

„Das hast Du geschrieben?" flüsterte er.

Nils sagte nichts. Berti wusste, dass Nils eine besondere Sprachbegabung hatte. Aber das hier?

„Ich habe einfach nur die holperigen Wörter ein bisschen rund gemacht. Weiter nichts. Das kann jeder."

„Echt?"

„Echt."

Der Novembernachmittag war düster und die Temperaturen nahe dem Gefrierpunkt. Eine gute Stunde später hatte Nils seine Hausaufgaben fertig. Die Drei öffneten nun die Kiste und nahmen jede Krippenfigur einzeln und behutsam aus ihrer Verpackung. Es waren ganz schlichte Figuren, kindlich gestaltet,

ohne viel Schnickschnack und ohne wirkliche Ge-
sichter.

Sie waren abgegriffen und zum Teil sogar ange-
knabbert. Zwei Jahrzehnte lang waren sie Jahr für
Jahr einen Monat lang bespielt worden. Es gab sogar
einige rote Schafe, weil Nina diese als Dreijährige
einmal heimlich mit Wasserfarben verschönert
hatte.

„Die Krippe lebt", hatte Berti noch letztes Jahr zu
Nele gesagt, als Niklas die Weisen aus dem Morgen-
land in seinem Playmobil-Sattelschlepper zu einer
Art Ausflug transportiert hatte.

Nun waren die Figuren wieder hier, ausgepackt,
nach einem langen Sommerschlaf.

Berti betrachtete die Weisen und flüsterte: „Da habt
ihr ein langes Nickerchen gemacht. Und? Hattet ihr
schöne Träume?"

Berti hatte plötzlich das Gefühl, als blickte ihn einer
der Weisen an. Das ging ja eigentlich gar nicht, denn
die Figur hatte keine Augen.

„Was sagst Du zu dieser Psalmsache, alter König?" fragte Berti die Holzfigur.

Gute Reise

Nils und Niklas bastelten am elektrischen Lager-feuer herum. Berti saß versunken auf einem kleinen Sessel und konnte nicht aufhören den Weisen anzu-starren. Jetzt war er sich plötzlich ganz sicher: Der Weise starrte zurück.

Berti fühlte sich merkwürdig. Er wurde auf einmal sehr müde. Das passierte ihm öfter nach Frühdiens-ten. Es war, als ob seine ganze Energie auf einmal aus ihm herausflösse. Er wollte sich nicht bewegen, noch nicht einmal etwas sagen. Nur ein bisschen schlafen. Er saß nur da, starrte vor sich hin und hörte seine Söhne wie von Ferne „Papa" sagen. Dann wurde es angenehm dunkel.

Als er erwachte saß er an ein kleines Mäuerchen ge-lehnt im Halbdunkel eines staubigen Weges. Es war laut, doch er konnte die Geräusche nicht zuordnen. Berti fragte sich benommen, wo er war. Alles war fremd, die Stimmen, die Gegend, die Gerüche.

Wo um Himmels Willen war er?

Als er gerade aufstehen wollte, durchschnitt der gellende Schrei einer Frau das Halbdunkel. Die Tür einer Art Hütte nur ein paar Meter weiter flog auf und sonderbar verkleidete Männer traten ins Freie. Der Schrei ging in ein Weinen über, dazwischen mischte sich das flehende Wimmern eines offenbar sehr verängstigten Mannes. Einer der Verkleideten hielt eine Art Bündel in der Hand. Berti stand auf. Er hatte Angst, aber er spürte, dass er hier nicht einfach sitzen bleiben konnte. Es geschah dort gerade etwas, das nicht richtig war. Berti fühlte sich wie damals, als er in seinem Bus überfallen worden war. Nur war er diesmal nicht Teil der Geschichte, sondern nur ein Zuschauer. Er nahm seinen ganzen Mut zusammen und ging auf die Hütte zu. Jetzt erkannte er, dass die Verkleideten bewaffnet waren. An ihrer Seite trugen sie Dolche und der zweite von ihnen hielt in der Hand ein bedrohlich aussehendes Schwert. Sie sahen aus wie Soldaten aus einer anderen Zeit. Berti erinnerte sich an Filme, in denen solche Typen mitspielten. Aber was genau war das hier?

Noch bevor er diesen Gedanken weiterverfolgen konnte, warf der Soldat das Bündel auf den Weg. Ein Wimmern war zu hören. Berti durchfuhr ein entsetzlicher Schrecken: War das ein Baby?

Hatte dieser Verrückte da gerade ein Baby auf die Erde geworfen? Berti rannte los, seine Beine trugen ihn nur mühsam, er war verängstigt und wie betäubt. Als er noch ein paar Meter entfernt war, hob der Soldat sein Schwert und durchbohrte damit das Bündel. Das Wimmern verstummte, auch war kein Geschrei mehr zu hören. Eine gespenstische Stille lag über der Dämmerung.

Die Verkleideten drehten sich wortlos um und eilten weiter, zu einer der nächsten Hütten, die wie aufgereiht am Wegesrand standen. Sie traten die nächste Tür ein und wieder gab es Schreie und Weinen. Berti glaubte gleich den Verstand zu verlieren.

Ein Mann näherte sich nun langsam und leise. Mit zitternden Händen hob er das getötete Kind auf und brachte es hinein. Die Tür schloss sich von innen. Berti war allein.

Er war unfähig sich zu bewegen. Wo waren seine Kinder? Wo war er selbst?

Nur ein paar Schritte weiter spielte sich erneut eine ähnliche Schreckensszene ab, nur dass die Verkleideten allein aus dem Haus traten, aber auch nur, um Sekunden später die nächste Tür einzutreten.

Berti sah sich um. Es sah aus wie in einem Historienfilm. Schwach erleuchtete Hütten, Geräusche von Tieren und überall sehr viel Staub.

Berti war sicher, dass er träumte. Allerdings war alles so real. Er stand in seiner Dienstbekleidung in einer Art Freilichtmuseum oder einer gut gemachten Filmkulisse. Wo war die Kamera? Und wer führte bei diesem Mist hier Regie?

Er drehte sich um und ging den Weg hinunter. Vor einer Hütte kauerte eine Frau. Sie wiegte ein Kind in den Armen. Berti wollte sie ansprechen, aber sie schien ihn gar nicht wahrzunehmen.

Plötzlich stand ein Mann neben ihm. Wo war er hergekommen? Berti war so verwirrt, dass er keinen klaren Gedanken fassen konnte.

„Hallo Berti", sagte der Mann leise.

„Bitte?" stammelte Berti. „Kennen wir uns?"

„Jetzt ja. Ich bin Deinetwegen hier. Hab keine Angst."

„Keine Angst? Ich würde einfach ganz gerne aufwachen. Wäre das möglich?"

„Nein."

„Nein?"

„Nein. Du musst jetzt hier sein."

„Hier? Was ist das hier? Wer ist die Frau? Wo bin ich?"

„Es ist ein Mädchen."

„Das Kind in ihrem Arm?"

„Ja. Es ist ein Mädchen. Darum lebt es."

„Und die Jungen?"

„Sie sterben. Der König lässt sie alle töten. Alle."

Der Mann weinte und sprach weiter: „Ich hatte ihm viel Böses zugetraut, aber das hier übersteigt sogar meine Vorstellungskraft."

„Der König lässt Babys töten?" Berti fasste sich mit der Hand an die Stirn. „Babys?"

„Ja."

„Was können wir tun?"

„Nichts. Komm, wir müssen hier weg."

Der Mann zog Berti am Arm und sie liefen nun eilig den Weg hinunter und verschwanden hinter einer der Hütten. Dort ließen sie sich auf den Boden fallen und blieben atemlos sitzen.

Berti dachte an das Krippenspiel vom letzten Jahr. Er dachte an die Weisen aus dem Morgenland und seine Figuren zuhause. Er dachte an die Figur, die ihn angesehen hatte. Er betrachtete seinen Gefährten und ahnte, was hier los war.

Er musste eingeschlafen sein. Und nun träumte er, dass er im Palästina zur Zeit von Christi Geburt war. Aber seit wann konnte man im Traum darüber nachdenken, dass man träumte?

Berti schüttelte den Kopf und kniff sich in den Arm. Es tat weh, aber er war immer noch da. Er saß immer noch auf der staubigen Erde neben einem Fremden, den er noch nie gesehen hatte, der aber seinen Namen kannte.

„Seit es Menschen gibt ist es unfassbar, was sie einander antun", sagte der Fremde.

„Die Gier treibt sie in den Abgrund und sie reißen alles mit, was sie fassen können. Ich weiß, was Du denkst. Du denkst, dass Du träumst, Berti. Aber das hier ist kein Traum. Es ist die Wirklichkeit. Die unfassbare Wirklichkeit. Er tötet Babys!“

Bertis Kehle war wie zugeschnürt. Er wollte aufwachen, einfach aufwachen. Es half nichts. Er berührte den Mann am Arm. Da saß ein Mensch aus Fleisch und Blut. Er konnte ihn anfassen. Unglaublich!

„Stell Dir nicht zu viele Fragen, Berti. Du weißt doch längst, dass man nicht alles verstehen muss, was einem widerfährt. Hast Du das nicht immer wieder gesagt?“

„Wo sind meine Jungs?“ fragte Berti.

„Zuhause. Es geht ihnen gut.“

„Zuhause? Was weißt Du von meinem Zuhause?“

„Genug. Dort ist alles gut. Nur hier, hier ist nichts gut.“

„Ich will nach Hause“, sagte Berti.

„Du musst jetzt hier sein. Ich bin Caspar.“

„Caspar? Und wo sind Melchior und Balthasar? Sehr witzig. Ich habe keine Lust auf Späße.“

„Das ist kein Spaß, Berti. Das ist die Wirklichkeit. Ich bin Deinetwegen hier. Nur Deinetwegen."

Berti wollte etwas erwidern. Er kam nicht dazu. Hinter der Hütte quetschte sich ein Junge durch eines der Löcher. Fenster konnte man es nicht nennen, denn es waren nur kleine Öffnungen und Scheiben gab es auch nicht. Der Junge nahm von innen ein Bündel entgegen und zischte den beiden Männern etwas zu. Berti hatte es nicht genau verstanden. Dann verschwand der Junge in der Dunkelheit. Vor der Hütte gab es nun beängstigenden Lärm. Die Tür flog auf und zu, dann hörten sie Schritte. Sie wollten flüchten, doch dafür war es zu spät. Vor ihnen tauchten Soldaten auf. Sie schrieen sie an.

„Wo ist der Junge?" fluchte einer der Soldaten und hielt Berti einen Dolch unter das Kinn. Berti war sich immer noch sicher, dass er träumte, darum sagte er mutig: „Welcher Junge?"

Mit der Faust schlug der Soldat Berti zu Boden. Ihm schwanden die Sinne. Es war wieder dunkel.

Als er erwachte war es Tag. Er rieb sich die Augen und sein Schädel dröhnte. „Was für ein Traum", dachte er und wollte sich aufrichten. Er fasste sich an das Kinn und spürte, wie angeschwollen es war. Und das hier war auch nicht sein Bett. Er lag auf einer Art Lager in einer Lehmhütte.

Das konnte doch alles nicht wahr sein.

Caspar kam herein und setzte sich zu Boden.

„Du bist immer noch hier, ja. Und Du wirst noch bleiben, Berti. Ich sagte es ja bereits."

Berti gab auf. Er versuchte nicht einmal mehr zu begreifen, warum er sich sowohl mit Caspar, als auch mit den Soldaten des Königs unterhalten konnte, obwohl er nicht einmal passabel Englisch konnte.

Berti nahm sich vor, es nun einfach geschehen zu lassen. Na gut, dann träumte er eben. Irgendwann würde er schon wieder aufwachen.

Caspar und Berti traten vor die Hütte. Es war still im Dorf. Niemand weinte. Der staubige Weg hatte die Blutlachen der Nacht verschwinden lassen. Dutzende Kinder hatten die Soldaten abgeschlachtet. Dutzende Eltern saßen nun wie in Trance vor ihren Hütten, unfähig zu fassen, was da geschehen war. Keinen Grund hatte man ihnen gesagt. Es war einfach nur der willkürliche Wahn eines Verrückten, der ihr Leben zerstört hatte.

Kinder galten nichts in dieser Welt. Die Männer rappelten sich hoch und versuchten das Brot für diesen Tag zu verdienen. Die Frauen gingen an die Arbeit. Niemand hatte Zeit oder Raum, um zu trauern oder Fragen zu stellen.

Berti glaubte, den Wahnsinn von Macht und Gewalt spüren zu können. Er fragte sich nun nicht mehr, warum er hier war. Er fragte sich gar nichts mehr, sondern starrte den Weg hinunter und versuchte zu begreifen, was sich hier ereignet hatte.

Er wusste ja, warum dies geschehen war. Er kannte ja diese Geschichte. Die verwaisten Eltern kannten sie nicht. Sie kannten kein Krippenspiel und keine Weihnachtserzählung. Sie waren nur ein ohnmächtiger Spielball in einer sogenannten Heilsgeschichte, in der es offenbar auch immer das Böse geben muss.

„Fuck!" sagte Berti.

„Ja", sagte Caspar. „Das trifft es ziemlich genau."

„Warum lässt Gott das zu?"

„Ich weiß es nicht. Er weiß es. Das Kind ist nun geboren und es ist in Sicherheit. Aber seinetwegen mussten viele sterben. Gott ließ es zu, wie so vieles. So vieles."

„Wo ist das Kind? Wo ist Jesus?"

„Du kennst doch die Geschichte. Fort ist er. Weit weg. Dafür wurde gesorgt. Hierfür nicht. Ich verstehe es nicht", stammelte Caspar.

„Wir können nichts tun?" fragte Berti.

„Wir können hören. Und sehen. Mehr nicht."

Berti hatte das Gefühl, dass die meisten Menschen sie gar nicht wahrnahmen. Er trug ein schlichtes Gewand, wie alle anderen Männer auch. Berti fragte sich nicht, wie er daran gekommen war. Es war nicht wichtig. Es war wichtig, jetzt hier zu sein. Zu sehen, zu hören, mehr nicht. Mehr nicht?

Damit wollte sich Berti nicht zufriedengeben. Er hasste diesen Teil der Weihnachtsgeschichte. Immer schon hatte er sich darüber geärgert, wenn fast beiläufig berichtet wurde, dass Herodes die neugeborenen Jungen töten ließ. Als wäre dies ein interessanter Nebenschauplatz, um der Weihnachtsgeschichte ein wenig mehr Würze zu verpassen. Immer schon hatten ihn das Blut und die Tränen hinter dieser Nebensache erschauern lassen.

Jetzt fand er sich inmitten dieses Schreckens wieder.

Seine eigenen Sorgen schienen ihm auf einmal banal und fast albern zu sein. Ob es in diesen Hütten auch banales Gejammer gab? Genörgel über Hausaufgaben, Streit mit der Frau? Ob diese hier, die täglich ums Überleben kämpften, Zeit hatten, über die eigenen Grenzen und ihre Belastbarkeit nachzudenken?

Berti flüsterte „Oh Gott …" und blickte seinen Gefährten an.

„Du denkst viel nach Berti", sagte dieser und fügte hinzu: „Sei nun still und vergleiche Dich nicht!"

Berti war still. Still verließ er mit Caspar das Dorf. Sie trugen nichts bei sich, keinen Proviant, keine Wechselkleidung, nicht einmal richtige Schuhe.

„Das brauchen wir nicht", hatte Caspar gesagt. „Du wirst sehen."

Traurig blickte er noch einmal auf das Dorf, in dem sich in dieser Nacht dieser furchtbare Schrecken zugetragen hatte.

Berti dachte an all diese Dörfer in all diesen Jahrtausenden. Er dachte daran, was Menschen einander antaten, wie ohnmächtig die Leidenden waren und fragte sich, warum das alles sein musste.

„Sieh nur", sagte Caspar und zeigte auf eine Blüte. „Die Knospen blühen auf. Sie fragen nicht nach dieser Nacht. Sie sind ein Zeichen dafür, dass ein neuer Morgen auch immer einen neuen Anfang bringen kann. In allem Schrecken kann am Ende die Blüte siegen."

„Ist das so?" fragte Berti.

„Das ist so", sagte Caspar.

Berti war froh, dass er das sagte. Es war gut in dieser Ratlosigkeit einen festen Standpunkt zu erleben. Sicher kein Zufall, dass Caspar ein Weiser war.

„Wie wird man ein Weiser?" fragte Berti.

Caspar lächelte.

„Das wird man nicht. Das musst Du einfach sein."

Einfach sein? Berti wollte schon lange einfach nur sein. Wenn das nur nicht so schwierig wäre. Er fühlte sich wie zu Beginn einer langen Reise, bei der man das Ziel nicht kennt. Einfach aufbrechen, ohne genauen Plan, ohne Navigationshilfe und Reiserück- trittsversicherung. Ja, so kam es ihm vor. Es war nicht leicht, sich darauf einzulassen. Berti spürte je- doch, dass er heute keine andere Wahl hatte. Aufwa- chen ging nicht, Umdrehen auch nicht. Und der Ein- zige, der sich hier auszukennen schien, war ein Wei- ser mit Ähnlichkeit zu einer Krippenfigur.

Interessante Voraussetzungen!

Trotzdem fühlte sich Berti nicht unwohl. Er hatte kaum noch Furcht, obwohl er in der vergangenen Nacht mehr Grauen gesehen hatte als jemals zuvor in seinem Leben.

In allem und trotz allem fühlte er sich getragen, nicht leicht, aber getragen …

Berti legte Gott das Dorf ans Herz. Dies schien ihm das einzige zu sein, was er an diesem Tag tun konnte.

„Nein", berichtigte er sich.

„Alle Dörfer. Ich lege Dir alle Dörfer ans Herz."

Caspar riss Berti am Arm. "Was machst Du da?" fragte Berti. Da begann Caspar ihn zu kneifen. „Was soll das? Hör auf!" Caspar sagte kein Wort.

„Wach auf, du Penner" rief Niklas und kniff ihn noch fester. „Du liebe Güte" stammelte Berti. Ich bin eingeschlafen …"

„Ach", sagte Nils. „Tatsächlich?"

Die beiden Jungs hatten fast alle Figuren ausge-packt. In Reih und Glied standen sie auf den kleinen Tischchen, die der Krippe als Landschaft dienten. Berti versuchte erst gar nicht, seinen Söhnen zu er-klären, was er gerade geträumt hatte. Es kam ihm so unwirklich und gleichzeitig so real vor, dass er ganz verwirrt war. Vor ihm eine entstehende Krippen-landschaft. In seinem Kopf die Wirklichkeit des Jah-res 0.

Es ging kein Aufschrei damals durch das Land. Still und unterdrückt ertrug die Bevölkerung die grausa-men Machenschaften des Königs Herodes. Um die Geburt des Erlösers ungeschehen zu machen, hatte er den Befehl gegeben, alle neugeborenen Jungen zu

töten. So stand es in der Bibel und in diesem Geschehen hatte sich Berti im Traum wieder gefunden. Und
eben dieses Szenario bauten sie alljährlich hier auf.

Er stand auf, machte sich einen Kaffee und setzte
sich an den Tisch. Da lag das Reliheft …

*Ich wünschte, wir würden uns nicht so weit von Dir
entfernen, Gott.*

Berti las den Satz immer und immer wieder.

Und er dachte an die Worte seines seltsamen Beglei-
ters aus dem Traum: „Ich bin Deinetwegen hier. Nur
Deinetwegen."

Was hatte das alles zu bedeuten?

Wachen und Ruhen

In den dunklen Wochen dieses Novembers musste Berti immer wieder an seinen Traum denken. Durfte man das? Die Wirklichkeit eines Traumes mit in die Realität des Lebens nehmen? Ständig wurde Berti an die Begegnungen im Traum erinnert. Ja, es waren nur Produkte seiner Fantasie. Na klar, die Krippenfiguren, die Relihausaufgaben, all das hatte sein Gehirn hübsch zusammengesetzt und einen Traum daraus gebastelt. Eine ziemliche Leistung, fand Berti. Mit Willen hatte das ja gar nichts zu tun. Wenn so ein Gehirn dazu in der Lage war, gab es dann nicht auch noch ganz andere Möglichkeiten? Konnte es sein, dass Gott sich mit ihm in seinem Gehirn unterhalten wollte?

Unfassbar wäre das. Sicher würde er es niemals jemandem erzählen. Zweifellos würde man ihn sonst einweisen lassen.

Hatte er religiöse Wahnvorstellungen? So wie früher sein Freund Günter?

„Nebensächlich", murmelte Kollege Günter als Berti ihm nach einem Mitteldienst Anfang Dezember von seinem Traum erzählte. „Wahnvorstellungen, Träume, Prophezeiungen – alles nur Worte für Dinge, die der Verstand nun einmal nicht erklären kann. Schon irre – wir träumen jede Nacht und kein noch so großer Spezialist kann wirklich erklären, was da so passiert. Wir sind kleiner als wir denken, ha!"

Berti verabschiedete sich.

Er schlenderte an den Bussen vorbei. Er hörte mit einem Ohr die Durchsage der Leitstelle: „Kollegen, die Polizei bittet um unsere Mithilfe. Gesucht wird der 7jährige Fabian. Er ist mit einer braunen Winterjacke bekleidet und heute nach der Schule nicht nach Hause gekommen. Er hat etwas längere Haare und eine auffällige Zahnlücke. Bei Sichtung bitte Meldung an die Leitstelle."

Berti schüttelte den Kopf und stellte sich die Sorgen der Eltern vor. Inzwischen war es kurz vor acht, das hieß, der Junge wurde seit fünf oder sechs Stunden vermisst. Das war kein Spaß mehr, soviel stand fest. In den allermeisten Fällen gab es eine harmlose Erklärung für solche Sachen. Aber eben nur in den allermeisten Fällen.

Berti schickte wie immer in solchen Fällen ein Stoß-
gebet gen Himmel. Er fuhr nach Hause, badete Niklas und ging dann früh zu Bett.

Berti wanderte stunden- und tagelang mit Caspar
durch karge Landschaften. Manchmal fanden sie ein
schattiges Plätzchen, um sich auszuruhen. Wenn sie
Hunger hatten, aßen sie, immer fand sich etwas oder
einer, der ihnen dies ermöglichte. Wenn sie müde
waren, schliefen sie. Wenn sie schweigen wollten,
schwiegen sie und wenn es etwas zu reden gab, redeten sie.

Berti fühlte sich klar und gut sortiert. Eine wohltu-
ende Ruhe hatte sich eingestellt. Seine Lebensfragen
waren nicht verschwunden, aber alles erschien in einem anderen Licht. Er fühlte sich begleitet und hatte
zum ersten Mal in seinem Leben keinerlei Sorge um
seine Kinder. Caspar hatte gesagt, alles ist gut. Dann
war auch alles gut.

Sie sprachen nicht viel. Nichts an dieser Begegnung
kam Berti komisch vor. Es war eben einfach alles
wie es war. Er musste nichts tun. Es geschah einfach.

Das kannte Berti nicht. In seinem Leben hatte er immer irgendetwas tun müssen, oder zumindest hatte er das immer geglaubt. Nun nicht mehr.

Alles war einfach wie es war.

Ja.

Berti hatte jegliches Zeitgefühl verloren. Als sie eines Morgens über eine Anhöhe kamen und in der Ebene viele Menschen erblickten, fragte er Caspar: „Sag mal, wie lange sind wir jetzt eigentlich schon so unterwegs?"

„Lange. Sehr lange. Oder kurz. Sehr kurz. Das kommt auf die Betrachtungsweise an."

„Verstehe ich nicht."

„Macht nichts."

Die beiden hatten keine Uhr, es gab keine Kalender, keine Medien und erst recht keine Mobiltelefone. Die Zeit verging eben einfach. Es gab einen Morgen, einen Tag, einen Abend und eine Nacht. Und dazwischen eine kurze Dämmerung.

Das reichte.

Viele Menschen waren dort unten, ja. Sie strebten alle in dieselbe Richtung. Sie waren zu Fuß unterwegs, manche hatten Tiere dabei.

„Sie kommen vom Passafest", sagte Caspar, der Bertis fragenden Blick gesehen hatte.

Einmal im Jahr fand das statt, das wusste er. Es war das zentrale Fest der Juden. Der Auszug aus Ägypten wurde gefeiert. Das Ende der Sklaverei. Berti dachte darüber nach, dass sich die Menschen damals auf den Weg machen mussten, ohne den Ausgang der Geschichte zu kennen. Sie mussten sich Gott und Mose anvertrauen, unfähig zu wissen, ob die Sache gut ausgehen würde.

So ging es ihm heute auch. Vertrauen wollte er haben. Vertrauen, dass er begleitet war. Bisher war in seinem Leben immer alles gut ausgegangen. Warum aber sollte ausgerechnet er einen Anspruch darauf haben, dass es bei ihm immer ein Happy End geben würde?

Vertrauen wagen, so wie damals das Volk der Israeliten – ja – das schien ihm richtig.

Auch damals schon haderten die Menschen und zweifelten. Sie mussten hungern und viele starben auf der Reise. Das Schilfmeer verschlang die ägyptischen Soldaten. Blut und Tränen säumten den Weg. Das Volk der Israeliten war über die Jahrhunderte nie ohne Bedrohung gewesen. Bis heute lebten sie damit und dankten und lobten trotzdem. Und bis heute war dieses Volk nicht besser als alle anderen.

Um wie vieles einfacher war da doch sein eigenes Leben.

„Sei still und vergleiche Dich nicht", sagte Caspar in diesem Moment zum zweiten Mal. Berti lächelte. Konnte dieser Weise Gedanken lesen? Oder sah man ihm an, was er dachte?

Es spielte keine Rolle. Aber es war gut, dass er erinnert wurde. Wieder. Daran, dass es nicht immer einen Maßstab brauchte, sondern die Dinge manchmal auch einfach sein durften, wie sie waren.

Das Fest jedenfalls war nun vorbei. Die Menschen gingen nach Hause, wo immer das sein mochte.

Berti wusste, dass er träumte. Er wusste, dass sein Zuhause ganz und nah und doch so fern war. Kann etwas nah und fern zugleich sein?

Er kam nicht dazu, diesen Gedanken weiter zu verfolgen. Caspar ging plötzlich schneller. „Komm! Ich zeige Dir jemanden", rief er und begann zu laufen.

Als sie unten auf dem Weg ankamen, bemerkte Berti eine Frau und einen Mann mit einer Schar Kinder. Sie wirkten beunruhigt, so wie eine Großfamilie im Supermarkt. Die Eltern schauten sich ständig um und ab und zu sprachen sie Menschen an, die zügiger gingen als sie selbst, aber aus derselben Richtung kamen. Caspar zog Berti am Arm und sie liefen in Richtung der Familie. Als sie sie fast erreicht hatten, drehte sich der Mann um und blickte Caspar an.

„Habt Ihr meinen Sohn gesehen? Ihr kommt doch auch aus Jerusalem. Er ist schmächtig, 12 Jahre alt, wir haben ihn verloren …"

Das Gesicht des Mannes war müde. Seine Gestalt war hager und er ging ein wenig gebeugt. Alt konnte er noch nicht sein, vielleicht dreißig, aber seine Gestalt war gezeichnet von harter Arbeit und vielen Entbehrungen. Seine Augen waren klar und wach.

„Josef", dachte Berti. „Das ist Josef."

Berti kannte fast alle biblischen Geschichten. Schließlich war sein Schwiegervater Pfarrer und seine vier Kinder inmitten einer Kirchengemeinde groß geworden. Berti wusste nicht genau, warum er Josef sofort erkannte, vielleicht weil auch diese Episode aus der Bibel ihn immer ein bisschen genervt hatte. Ihm war klar, in welcher Szene er sich nun befand. Maria und Josef suchten Jesus. Den Zwölfjährigen, der nach dem Passafest bei den Männern im Tempel geblieben war.

Ach ja, was für eine Geschichte … - nervig, einfach nervig. Ein pubertierender, altkluger Bengel, dem es egal zu sein schien, ob seine Eltern ihn suchten. Ein Schlaumeier, der, statt seinem ehrlich arbeitenden Vater zu helfen, lieber mit Klugscheißern philosophierte.

Berti sah Josef an. Josef, diese traurige Figur aus der Bibel. Erst wird ihm erzählt, dass er nicht der Vater seines ersten Kindes ist, dann will man den Jungen umbringen, dann macht der, was er will, und schließlich wird Josef einfach gar nicht mehr erwähnt. Na toll!

Josef sah müde aus, müde, aber nicht unglücklich. Er sah aus wie einer, der seine Aufgabe erledigt und nicht lange danach fragt, wie er selbst dabei wegkommt. Auf dem Arm hatte er eines der kleinen Kinder und auf dem Rücken ein schweres Bündel. Ein frommer, demütiger Mann war das, bereit zu erledigen, was von ihm erwartet wurde.

Berti mochte diesen Josef. Und er mochte ihn auch nicht. Hätte er nicht mal auf den Tisch hauen können? Hätte er nicht um etwas mehr göttliche Unterstützung bitten können, bei diesem ganzen Himmelfahrtskommando?

Nein, Josef fügte sich in sein Schicksal, oder in das, was er dafür hielt. Das kannte Berti. Immer schön erledigen, was von einem erwartet wird. Das Bündel tragen, nur nicht nach sich selbst oder gar dem Sinn des Ganzen fragen.

Nur gut, dass Josef nicht wusste, was Berti wusste, nämlich wie die ganze Sache hier am Ende ausging.

Berti fühlte sich auf einmal undankbar. Nein, natürlich war sein Leben nicht mit dem des Josef zu vergleichen. Von Bertis Freiheiten und Möglichkeiten konnte Josef nicht einmal träumen. Dieser hier hatte es wirklich schwer. Nicht so wie er, der sich per Arbeitsunfähigkeitsbescheinigung die Zeit nehmen konnte, die er brauchte - und das auch noch bei voller Lohnfortzahlung.

„Sei still und vergleiche Dich nicht", flüsterte Caspar in diesem Moment zum dritten Mal.

Bertis Gedanken verstummten. Josef sah ihn noch immer fragend an.

„Ich glaube, ich weiß, wo er ist", sagte er, ohne vorher darüber nachgedacht zu haben.

„Der Junge ist im Tempel."

„Im Tempel?" fragte Josef leise. „Er ist noch in Jerusalem? Wie kommst Du darauf?"

„Frag nicht", sagte Berti. „Das würdest Du mir sowieso nicht glauben. Sagen wir einfach, dass ich es gehört habe …"

Gemeinsam machten sie kehrt und gingen den ganzen Weg zurück nach Jerusalem. Drei Tage waren sie unterwegs und erst gegen Abend kamen sie erschöpft am Tempel an.

Berti war erstaunt. Er hatte sich den Tempel gar nicht so groß vorgestellt. Der Kölner Dom war ja auch schon ganz nett, aber das hier? Allein die Mauer, deren Reste ja zweitausend Jahre später auch noch standen, war gewaltig.

Der zwölfjährige Jesus saß nun tatsächlich unter den Lehrern und Schriftgelehrten und diskutierte mit ihnen. Die Menschen um ihn herum waren beeindruckt von seinen Worten, so viel stand fest. Da saß kein kleiner Besserwisser, sondern ein Junge, der Fragen stellte und sich auf die Menschen einließ. So etwas gibt es ja bis heute: Menschen, die ihrem Gegenüber vermitteln, dass es wichtig und ernst zu nehmen ist. Es gibt Menschen, in deren Gegenwart sich Kleine größer fühlen, Belastete leichter und Gelähmte lebendiger. So einer schien dieser junge Jesus zu sein.

Seine Mutter war trotzdem verärgert. Sie fuhr ihn an, so wie Mütter in Sorge das eben machen. Sie fragte ihn schroff, was er sich eigentlich einbilden würde, einfach hier zu sitzen, während seine Eltern ihn überall suchten.

Nun wäre bei Berti zuhause das Theater erst richtig losgegangen. Nina hätte sie angeschrien, dass sie nicht so einen Aufstand machen sollten und sicher gefragt „was sie sich gerade wieder für einen Film schieben".

Hier geschah das nicht. Jesus sagte einfach:

„Wisst Ihr nicht, dass ich hier sein muss? In dem, was meines Vaters ist?"

Keiner verstand, was er damit meinte. Aber es war eine ernsthafte und durchaus liebevolle Antwort. Jesus stand auf und ging mit, einfach so.

Kein Geschrei, kein Theater, es war einfach gut. Auch Maria und Josef sagten nichts mehr. Schweigend gingen sie zur Stadt hinaus und zurück nach Nazareth, dem kleinen Ort, in dem sie lebten. Josef blieb noch einmal vor Berti stehen.

„Ich danke Dir", sagte er. „Es ist nicht so einfach mit ihm, weißt Du?"

„Ja, ich weiß. Ich habe auch Kinder. Aber man muss sie auch lassen. Halten und Lassen. Und das ganze jeden Tag neu."

Josef lächelte und nickte. Er klopfte Berti auf die Schulter und ging.

Caspar hatte die ganze Zeit keinen Ton gesagt. Überhaupt sagte er selten viel. Die beiden standen nun einfach nur da und schauten der Familie nach.

„Das ist doch völlig irre", sagte Berti plötzlich.

„Die haben den aber doch nun nicht wiedergefunden, weil ICH ihnen den Tipp gegeben habe, oder?"

„Tja", sagte Caspar. „Mich würde das nicht mehr wundern als die Tatsache, dass wir nun fast zwölf

Jahre gemeinsam gewandert sind und immer noch ganz gut aussehen …"

„Ja, wie ist das möglich?" fragte Berti.

„Nun", antwortete Caspar. „Wenn wir wachen dann wachen wir und wenn wir ruhen, dann ruhen wir. So vergeht die Zeit."

Berti runzelte die Stirn. Das war der abgefahrenste Traum, den er je gehabt hatte. Und so lang!

Heute fühlte er sich wohl. Er hatte keine Angst und wollte auch nicht nach Hause. Dort war schließlich für alles gesorgt, nicht wahr? Wenn Caspar das sagte, dann stimmte es auch.

Berti wollte noch mehr erleben. Er spürte, dass ihm diese Reise gut bekam.

Das war gut.

Sehr gut.

Er dachte an Jesus und daran, dass dieser gewusst hatte, wo er sein muss. Das wünschte er sich auch.

Zu wissen, wo man sein muss, damit es einem selbst und somit auch den anderen gut geht.

Das war gut.

Sehr gut.

Um 3.45 Uhr riss der Wecker Berti gnadenlos aus seinem Traum. Er stand auf, reckte sich und schlich ins Bad. Frühdienst im Dezember. Kalt, dunkel, ach …

Berti schaute sich im Badezimmerspiegel an. „Eben noch im Tempel und nun in unserem Badezimmerspiegel. Meine Damen und Herren: Berti, der biblische Zaungast …"

Er schüttelte den Kopf und musste lachen. Berti fühlte sich erholt und munter. Der Tag konnte kommen. Er ging in die Küche und als er sich einen Kaffee gemacht hatte, nahm er kurz die Bibel aus dem Regal und schlug sie wie neulich in der Mitte auf. „PSALM 1.2.3" stand da. „Wie ulkig" dachte er, steckte die Bibel in seinen Rucksack und fuhr zum Dienst.

Gegen zehn saß er im Pausenraum und kritzelte etwas auf einen Zettel. „Was machste?" fragte sein Kollege Reifferscheid und klopfte ihm wie immer zu fest auf die Schulter.

„Psalmübertragung", antwortete Berti.

„Hä?"

„Versuch´s auch mal. Sie stehen alle in der Mitte."

„Ich glaub´s nicht", sagte Reifferscheid.

„Ich glaub´s", sagte Berti und reichte ihm den Zettel.

Herrscher (Psalm 2)

Was für ein Getöse an allen Orten.

Alle Welt kreischt und es sind viele Herrscher,

auf selbst geschaffenen Thronen.

Von Gott wollen sie nichts wissen.

Sie suchen Rat bei sich selbst.

Dazu wollen wir nicht gehören.

Wir wollen lernen Nein zu sagen,

dann sieht Gott uns freundlich an.

Eines Tages werden alle Gott sehen

und verstummen.

Und die auf ihn vertrauten

werden Frieden haben.

Sie sind wie Gottes Kinder und er sagt zu ihnen:

Ihr gehört zu mir.

So Gott will, werden es viele,

die sich zu ihm halten.

Vor den Herrschern dieser Welt

brauchen sie sich nicht zu fürchten.

Gott ruft den Mächtigen zu:

Es gibt mehr als Euch!

Lauscht in die Stille, auf mein Wort.

Hier ist Leben. Für alle.

„Hei, das wäre was für den Betriebsrat!" rief Reifferscheid und gab Berti lachend den Zettel zurück.

„Als ob!" sagte Berti und der Kollege zog die Augenbrauen hoch.

„Gottes Kinder – gutes Stichwort - steht ja auch in Deinem Psalm. Haste was von dem Jungen gehört?"

„Nein", sagte Berti. „Du? Haben sie ihn gefunden?"

„Keine Ahnung."

„Warum machst Du das mit den Psalmen?" fragte Reifferscheid plötzlich.

„Hausaufgaben", antwortete Berti. „Sei nicht blöd und nimm Dir den dritten vor."

Reifferscheid schüttelte den Kopf. „Du weißt doch, ich hab´s nicht so mit dem lieben Gott." Wäre er aber nicht zweimal durch das Examen geflogen, würde er heute als Lehrer arbeiten.

„Gott hat nicht verhindert, dass Du genug lernst", sagte Berti.

„Ich weiß", antwortete Reifferscheid, nickte Berti zu und war verschwunden.

Zwei Kollegen kamen herein. Sie unterhielten sich beiläufig darüber, dass der gestern vermisste Junge gefunden worden war.

„Gott sei Dank", dachte Berti

Umkehr zum Leben

Am darauffolgenden Sonntag war die ganze Familie bei den Nachbarn zur Taufe eingeladen. Die lustige Pfarrerin war in Bestform. Berti nannte sie so, weil bei ihr oft etwas schief ging und sie das immer mit Humor nahm. Der Gottesdienst dauerte fast zweieinhalb Stunden, weil nicht nur drei Taufen zelebriert wurden, sondern auch noch der Chor sang, die Konfirmanden ein recht gequältes Anspiel vortrugen und die engagierte Kirchenmusikerin eine Frau mit einem quäkenden Instrument namens Oboe eingeladen hatte.

Berti ertrug die Angelegenheit tapfer, baute für Niklas Papierflugzeuge aus den Liedzetteln und spielte Käsekästchen mit Nils.

Als es vorüber war, gab es ein Festessen bei den Nachbarn und dann endlich Zeit für ein Nickerchen.

Caspar und Berti wanderten scheinbar ziellos eine lange Zeit umher. Sie betrachteten die Menschen auf ihrem Weg und Berti fragte sich oft, wie ein Leben unter solch schwierigen Bedingungen überhaupt möglich war. Alles, wovon Menschen seiner Zeit glaubten, dass man es unbedingt brauchte, schien hier zu fehlen.

Und doch gab es Gelächter, Gesang, Gast-freund-schaft und immer wieder Zeichen von Liebe und Zu-wendung.

Und es gab aus dem Nichts auftauchende Brutalität, zum Himmel schreiende Not und eine Berti ziemlich verstörende Fremdheit.

Eines Morgens sahen sie in der Ferne einen kleinen Fluss. Es war der Jordan und ungefähr so hatte Berti sich diesen auch immer vorgestellt. Wie eine Le-bensader in einem kargen Land. Manchmal fast ohne Wasser und stellenweise klar und lebendig.

Viele Menschen drängten sich am Ufer.

Ein wild aussehender Mann stand im Wasser und rief ihnen laut etwas zu. Berti konnte es zunächst kaum verstehen und wunderte sich, dass die Menge sich von diesem Wilden offenbar völlig freiwillig anschreien ließ.

„Manchmal braucht es für die Wahrheit kräftige und laute Worte", sagte Caspar und deutete mit dem Fin-ger auf den Mann.

„Tut Buße, denn das Himmelreich ist nahe herbei-gekommen", brüllte dieser gerade und sah dabei zum Fürchten aus.

Berti fand seine Art nicht besonders einladend, aber die Menschen am Ufer störte sie offenbar nicht. Sie stiegen zu ihm ins Wasser und ließen sich von ihm dann kräftig untertauchen. Sie prusteten und wank-ten dann ans Ufer zurück. In einer langen Reihe stan-den sie so da.

„Tut Buße", fragte sich Berti. „Was heißt das schon."

„Es mag für jeden etwas anderes heißen. Aber ir-gendwann muss man einmal damit anfangen."

Caspar hatte sich zu Boden gesetzt und starrte in den Staub. Er sah bedrückt aus.

„Sollen wir auch hingehen?" fragte Berti.

„Für mich ist es nicht an der Zeit. Zu viele Fragen habe ich noch, zu viele Fragen. Aber geh ruhig."

Berti war hin- und hergerissen. Er wollte den Täufer gerne fragen, was er mit Buße meinte, aber er traute sich nicht so recht. Vielleicht wollte er es auch gar nicht wissen …

Buße hörte sich für ihn immer wie Bestrafung an. Er stellte sich vor, wie Menschen einander etwas büßen ließen oder wie ein halbnackter Mönch sich selbst auspeitschte. Damit konnte Berti nicht viel anfangen.

„Buße bedeutet Umkehr – weiter nichts. Umkehr zu Gott", sagte Caspar in diesem Moment.

Wohin sollte Berti umkehren? Das war eine wirklich gute Frage. Zu Gott, ja, das war auf jeden Fall eine gute Richtung. Aber wie machte man das? Berti versuchte jeden Tag neu, sich zu fragen, welcher Weg denn der richtige sei. Manchmal besprach er das sogar mit Gott, in letzter Zeit allerdings selten.

Sollte er das wieder häufiger tun? Wäre das schon eine Art Umkehr? Er wusste es nicht.

Nicht alle Fragen mussten heute beantwortet werden. Er fühlte sich fern von Gott und auch ein bisschen fremd. So war es heute und eine Umkehr, das spürte er, ließ sich nicht erzwingen.

Er beschloss also, auch sitzen zu bleiben und nicht in den Jordan zu steigen.

Als er gerade etwas sagen wollte, verstummte der Täufer und eine seltsame Stille lag über dem Fluss. Caspar stand auf. „Sieh!" flüsterte er.

Ein schmächtiger Mann stand nun im Wasser und ging vor dem Wilden in die Knie. Berti sah, dass dieser ihn wieder hochziehen wollte, aber der Knieende wehrte ab. Da wurde auch er untergetaucht und stand dann triefnass da, einfach so, wie alle anderen auch.

„Er ist es", stammelte Caspar. „Sieh nur, er ist es." Keiner sagte ein Wort, nur ein Windhauch strich über das Wasser. Berti erkannte in den Gesichtszügen des Schmächtigen den Jungen aus dem Tempel wieder. Er war erwachsen geworden.

„Abgefahren", stammelte Berti. „Total abgefahren."

Es gab keinen rechten Anlass für das Schweigen der Menge. Dennoch gingen sie auseinander und machten Jesus Platz. Berti hatte keine Stimme gehört oder so etwas, aber es war dennoch für alle, die diese Szene verfolgten klar, dass dieser ein ganz besonderer Mensch war.

Berti fühlte sich verändert durch das, was er erlebt hatte. Er wäre Jesus gerne nachgelaufen, aber

Caspar hielt ihn zurück. „Lass uns ihm anders nachgehen. Wir wollen uns führen lassen, in Ordnung?"

Jesus ging geradewegs in die Wüste.

Er hielt nicht an, hatte nichts dabei und verschwand einfach in Sand und Staub.

Das kannte Berti. Einfach loslaufen, ohne etwas dabei zu haben. So fühlte er sich auch gerade.

Wenn man wenig dabei hat, dann stellen sich die Lebensfragen manchmal umso klarer.

Nichts verstellt den Blick.

Nichts lenkt von den Entscheidungen ab.

Berti wusste, dass Jesus in der Wüste nun dem Teufel begegnen würde, dem Versucher. Das hatte er vor gar nicht langer Zeit einmal in einem kleinen Andachtsbuch gelesen.

Der Teufel würde Jesus versuchen, seinen göttlichen Einfluss für sich selbst zu nutzen.

Das geschah millionenfach, tagtäglich. Unter dem Vorwand, es doch nur gut zu meinen, wurden Macht und Einfluss missbraucht. Menschen wurden niedergedrückt von anderen, die sich das leisten konnten. Später einmal würde Jesus sagen, dass es unter den Christen anders sein sollte. Aber war es anders?

Vielleicht.

Vielleicht manchmal.

In Bertis Leben sollte es anders sein. Diesen Anspruch wollte er nicht aufgeben. Umkehren, ja, zu Gott. Und in allem Handeln die Versuchung vor Augen haben, von dieser Umkehr wieder abzufallen. Hinterfragen, was die Motive für das Handeln waren und sich selbst von Gott zur Vernunft rufen lassen.

Das war schwer, aber richtig.

Berti fand nicht viele, die diesen Anspruch mit ihm teilen wollten.

Und oft scheiterte er auch selbst daran, nicht erst in jüngster Zeit.

Versuchung?

Berti war hin- und hergerissen zwischen Gehen und Bleiben, zwischen sich finden und sich verlieren.

Buße bedeute eben für jeden etwas anderes ... - Caspar war wirklich ein Weiser.

Jeder Mensch brauchte hin und wieder Wüstenzeiten, davon war Berti überzeugt. Im Moment der Dürre konnte man diese wohl nicht lieben, vermutlich hatte nicht einmal Jesus das vermocht. Aber nach diesen Zeiten war die Rückkehr in fruchtbares Land umso lebendiger und deutlicher zu spüren.

Jesus kehrte nach über 40 Tagen ins Leben zurück. 40 Tage waren eine gute Zeit für die Wüste. Berti hatte nach seinem Zusammenbruch genau 40 Tage gebraucht, um wieder auf die Beine zu kommen. Berti kannte viele, die 40 Tage brauchten, um nach einem Schicksalsschlag zumindest ein wenig neue Hoffnung zu schöpfen.

40 Tage – sicher kein Zufall, dass Jesus diese Zeit vorlebte.

Zeit spielte in diesem Traum offensichtlich keine Rolle. Als Berti aufgehört hatte, über diese ganze Bußesache nachzudenken, waren sie wieder ein weites Stück gegangen.

Wie aus dem Nichts standen sie plötzlich an einem Gewässer, welches damals das Galiläische Meer genannt wurde. Die Menschen lebten dort vom Fisch-fang. Das war keine leichte Arbeit und nicht immer reichte sie aus, um die Familien zu ernähren. Berti und Caspar schauten den Fischern dabei zu, wie sie von Hand ihre Netze auswarfen. Sie sahen Jesus am Ufer entlang schlendern und beobachteten, wie er die Fischer ansprach.

Nun passierte etwas Erstaunliches. Zwei von ihnen ließen einfach ihre Netze liegen und gingen mit Je-sus weiter. Noch weitere folgten. Es sah ein bisschen aus, als sammle Jesus Vertraute um sich, doch konn-ten diese Fischer doch gar nicht vertraut mit ihm sein …

„Wie macht er das?" fragte Berti. Caspar zuckte mit den Schultern: „Er weiß es."

Die Männer folgten Jesus einfach nach. Sie fragten nicht danach, was sie davon hatten und haderten nicht damit, dass sie etwas lieb gewordenes zurück-lassen mussten. Einmal hörte Berti auch Jesus sagen, dass die Menschen Buße tun sollten, denn das Him-melreich sei nahe herbeigekommen. Das hatte ja auch schon der Täufer gesagt. Jesus sagte es anders. In seinen Worten lag eine milde Verbindlichkeit, eine tröstende Klarheit. Es war nichts Beängstigendes in ihnen, sondern es klang eher nach einer Art fürsorglicher Einladung.

Umkehr zum Leben – dies bedeute auch für die Fischer, dass sie sich auf den Weg machen mussten. Vor ein paar Wochen hatte Berti an einer Pinnwand einen Satz von Albert Einstein gelesen: „Kompletter Wahnsinn ist, alles beim Alten zu lassen und trotzdem darauf zu hoffen, dass sich etwas verändert."

Dieser Satz hätte zweifellos auch von Jesus stammen können. Dieser Jesus wollte die Menschen erneuern und verändern.

Das war bis heute so. Man musste sich auf den Weg machen. Berti musste sich auf den Weg machen. Er nahm sich vor, Jesus hinterher zu gehen und fragte Caspar, ob dies nun möglich sei.

„Gute Entscheidung", sagte dieser nur und legte seine Hand auf Bertis Schulter. Das war ein schönes Gefühl. Traum hin oder her, die beiden waren gemeinsam unterwegs. Sie waren dabei umzukehren. Zurück ins Leben, auch wenn sie beide heute nicht genau wissen konnten, was dies bedeutete oder wo diese Reise enden würde.

Das konnten schließlich auch die Fischer nicht wissen und trotzdem vertrauten sie sich Jesus an.

Umkehr zum Leben.

Das war ein Wagnis, aber eines, für das sich das Losgehen und Liegenlassen von Netzen lohnte.

„Papa. Für Dich!" Nina warf Berti gefühlvoll das Telefon auf den Bauch. Er schreckte hoch, griff danach und ließ es zunächst aus Versehen auf den Boden fallen. Kurz überlegte Berti, wo er war. Ach ja, Mittagsschlaf. In Gedanken hing er noch in seinem Traum fest, stand am Ufer des Sees bei den Fischern. „Hallo", murmelte er müde ins Telefon.

„Was ist los, Grauhaariger?" Durch den Nebel des unsanften Erwachens erkannte Berti die Stimme seiner Tochter Nora.

„Nix. Habe geruht."

„Faulpelz! Wie geht´s?"

Nora fragte ihren Vater entzückenderweise immer wie es ihm ging. Berti fand das gar nicht so selbstverständlich. Es war ein Zeichen für ihn, dass Nora trotz ihrer Jugend ihr Umfeld fest im Blick behielt.

„Mir geht's ganz gut. Ich träume in letzter Zeit verrückte Sachen."

„Albträume?"

„Im Gegenteil. Ich bin mit Jesus unterwegs." Berti traute seinen Ohren nicht. Was hatte er da gerade gesagt? Das musste sich ja komplett bescheuert anhören. *Mit Jesus unterwegs* – das klang, als habe er sich einer geistgetriebenen Freikirche angeschlossen.

„Oha", sagte Nora. „Da wird Dir sicher nicht langweilig."

„Nein. Ich erzähle es Dir ein andermal."

„Und wann genau ist ein andermal?"

„Naja, eben ein andermal. Das sagt man doch, um sich nicht genau festzulegen, oder?"

„Gut. Ich komme nächstes Wochenende nach Hause. Hast Du Dienst?"

„Nein. Es ist Weihnachten und ich habe Familie. Ich freue mich auf Dich."

„Ich mich auch. Können wir dann ein Auto kaufen? Ich habe achthundert Euro zusammengeschuftet. Jetzt will ich endlich eins!"

Auto kaufen? Das brauchte man Berti nicht zweimal sagen. Für achthundert Mäuse bekam man auf jeden Fall schon etwas Solides. Berti hatte es in seinem Leben bisher auf vierundsiebzig Gebrauchtfahrzeuge gebracht! Autos kaufen und verkaufen war eine seiner Leidenschaften. Und über die Feiertage hatten die Leute vielleicht sogar mehr Zeit und man konnte besser feilschen.

„Und wer zahlt den Unterhalt?" fragte Berti.

„Na eben die, die auch sonst für den Unterhalt zuständig sind", lachte Nora.

„Das ist ein suboptimaler Vorschlag. Wie wäre es mit einer Mischfinanzierung?" Diese Begriffe hatte Nora ihm neulich beigebracht. Sie studierte Betriebswirtschaft im vierten Semester.

„In Ordnung. Wir verhandeln am Wochenende darüber. Nun gib mir Mama, für die wichtigen Themen."

„Wie bitte? Bist du schwanger?"

„Holzkopf!"

„Danke."

„Bitte. Ich will mit Mama über Geschenke reden. Küsschen."

Berti brachte Nele das Telefon und warf einen Blick in Niklas' Zimmer. Der war gerade dabei, den Hund zu bürsten. Dies tat er mit einer alten Spülbürste, die er in der Garage gefunden hatte. Käthe, der Hund, ließ es, wie fast alles, willig geschehen. „Du bist ein feiner Hund", sagte Niklas und setzte Käthe ein Karnevalshütchen auf.

Nils jagte derweilen mit seinem Freund zwei kleine Kerle in Miniautos über den Flachbildfernseher. Nina war seit über zwei Stunden im Bad und glättete sich mit einer Art Folterwerkzeug die Haare. Dies fand Berti besonders deshalb bemerkenswert, weil Nora sich immer mit einem anderen Werkzeug Locken gemacht hatte. So waren die Frauen …

Berti setzte sich in seinen Sessel und schaute aus dem Fenster in die sonntagabendliche Dunkelheit. Warum nur träumte er so viel? Und warum konnte er sich an all das so brillant erinnern? Er dachte an seinen Gefährten Caspar und fragte sich, ob dieser analytisch betrachtet die andere Seite seiner gespaltenen Persönlichkeit war. Er könnte Nele mal fragen, was sie dazu dachte. Sie war immerhin Psychologin. Andererseits gab es Dinge, die er lieber für sich behielt. Im Moment gehörte diese Träumerei dazu, denn es war ausgesprochen schwierig, anderen Menschen davon zu erzählen. Nur bei Günter war es ganz leicht …

Das Telefon klingelte. Reifferscheid war dran.

„Woher hast Du meine Nummer?" fragte Berti.

„Vom Betriebsrat", antworte Reifferscheid. „Habe gesagt, es wäre dringend. Hör mal", fuhr er fort und las vor:

Allein (Psalm 3)

Gott, ich fühle mich allein.

So viele scheinen gegen mich zu sein.

Sie lachen mich aus, wenn ich von Dir spreche.

Du bleibst aber mein Trost

und Du schützt mich vor aller Erniedrigung.

Ich spreche mit Dir und Du hörst mir zu.

Ich kann ruhig schlafen

und immer wieder aufstehen,

weil Du mich hältst.

Darum muss ich mich nicht

vor den vielen fürchten,

die es mir schwer machen wollen.

Du hilfst mir und ich vertraue darauf,

dass Du auch denen ihre Grenzen zeigst,

die mich in die Ecke drängen.

Eines Tages werden sie schweigen.

Ja, Du hilfst mir und allen die an Dich glauben.

„Und?" fragte Reifferscheid.

„Holla", sagte Berti. „Wie kam´s?"

„War doch Hausaufgabe."

„Stimmt. Wie geht´s?"

„Gut. Hat Spaß gemacht. Wer ist jetzt mit dem Vier-ten dran?"

„Keine Ahnung. Ich frage meinen Schwiegervater. Der könnte sich den dann gleich vornehmen …"

„Okay. Halt mich auf dem Laufenden."

„Geht klar." Sie schwiegen einen Moment.

„Weißt Du was …" sagte Reifferscheid,

„… das war gar nicht so übel. Hätte nicht gedacht, dass mir so etwas gefällt. Ich musste erst suchen, bis ich die Bibel gefunden habe. Sie stand neben einem Kochbuch. Hilde fragte, was ich da mache und dann, ob ich krank sei. Aber dann hat sie sich doch zu mir gesetzt und mir sogar ein bisschen geholfen. War gar nicht so schlecht, Berti!"

„Siehste."

„Tschö."

„Tschö."

Wohin

Berti hatte sich schon manches Mal Gedanken über das Wort Nachfolge gemacht. Es kam ihm so fromm vor, ein wenig abgehoben und irgendwie weltfremd. Im Traum allerdings waren ja die Fischer Jesus ganz leibhaftig nachgefolgt.

Daher bekam es für ihn nun eine ganze neue Bedeutung.

Berti freute sich fast auf das Einschlafen, weil er hoffte, dann würde er weiterträumen. Das klappte aber nicht immer. Manchmal träumte er nächtelang gar nichts aus dem gelobten Land, sondern dasselbe Zeug wie immer … - er träumte, dass er nackt zum Dienst erschien, die Kinder die Möbel verkauften oder Nele eine Herde Ziegen im Wohnzimmer halten wollte. Nichts Besonderes also.

Der Jahreswechsel verlief wie immer im kleinen Kreis mit einer benachbarten Familie und dem Feuerwerk anlässlich des Geburtstages des Jüngsten. Immerhin hatte Niklas inzwischen akzeptiert, dass das Feuerwerk eben auch aufgrund des Neujahrstages abgeschossen wurde. Diese Erkenntnis schmälerte die Freude am Geballer nicht. Berti ließ es wie jedes Jahr krachen. Sein Schwiegervater rümpfte wie jedes Jahr die Nase und hielt sich die Ohren zu. Der Hund verkroch sich, Nele trank ein winziges bisschen zu viel Sekt, aber alles war gut.

Und dann, in einer bitterkalten Januarnacht träumte er endlich wieder „jesuanisch" …

Verrückt, der Traum setzte genau dort ein, wo der andere aufgehört hatte. Nachfolge also. Nachfolge.

Indem sie Jesus hinterher gingen, wurde das Wort so greifbar, so anschaulich, so wirklich.

Eine ganze Schar war mit ihnen unterwegs. Manche waren ganz nah bei Jesus, manche nicht. Manche bedrängten ihn regelrecht, manche waren sehr zurückhaltend. Zu letzteren gehörten auch Berti und Caspar. Das machte Sinn. Caspar wollte sehen und hören, mehr nicht. Und Berti wusste ja ohnehin, dass er träumte.

„Ob sie wissen, wohin sie gehören?" fragte Berti seinen Freund eines Abends.

„Wer?"

„All die Menschen, die einfach alles stehen und liegen ließen, um mit Jesus zu gehen."

„Sie gehören zu ihm."

„Aber das kann doch nicht von Dauer sein."

„Muss es das?"

„Sehnt sich nicht jeder Mensch nach Beständigkeit?"

„Tut er das?"

„Ich schon."

„Vielleicht ist die Beziehung zu Jesus die beständigste, die man im Leben haben kann."

„Liebe Güte, das sind doch nur fromme Sprüche."

„Sind sie das?"

Berti schwieg. Er wollte wissen, wohin er gehörte. Aber es hatte Zeiten gegeben, da hatte er das nicht mehr gewusst. Er fühlte sich damals plötzlich verloren und so war es auch nun, hier in der Fremde, in diesem seltsamen Traum. Er sehnte sich nach seinem Zuhause, nach dem Ort, an dem er zur Ruhe kommen konnte. Er wollte nicht mehr wandern und suchen, nicht mehr fragen und allein sein.

„Lass uns ihm folgen und wir werden wissen, wohin wir gehören", sagte Caspar leise, aber eindringlich.

„Weißt Du, wohin Du gehörst?" fragte ihn Berti.

„Im Moment gehöre ich zu Dir." Caspar lächelte müde. In diesem Augenblick sah Berti zum ersten Mal, dass Caspar nicht mehr jung war. Bisher war ihm das nicht aufgefallen. Berti konnte sein Alter nicht schätzen, aber viel Erfahrung lag in seiner Stimme und seinem Blick. Keine Bitterkeit war erkennbar, aber Müdigkeit. So als hätte er mit vielem Frieden geschlossen, aber trotz allem noch ebenso viele Fragen, auf deren Beantwortung er aber nicht mehr wartete.

„Reicht es Dir, zu mir zu gehören?" fragte Berti.

„Für heute ja. Und weiter als bis heute muss ich nicht blicken."

„Dann soll es mir auch reichen", sagte Berti und stand auf, um sich den Staub vom Gewand zu klopfen. Dies war immer ein Zeichen des Aufbruchs. So tat es ihm Caspar nach und sie gingen schweigend ein Stück. Schweigen spielte eine große Rolle in diesen Träumen, auch Jesus schwieg manchmal lange. Wenn er jedoch etwas sagte, dann blieb er meistens stehen, so als ob er verdeutlichen wollte, dass seine

Worte nicht nur so dahin gesprochen waren. Jesus lachte viel und manchmal sah er traurig aus. Er war ein ganz normaler Mann und gleichzeitig eben doch alles andere als normal. Es sprach sich schnell herum, dass er *anders* war. Menschen in seiner Gegenwart veränderten sich. Man erzählte sich, er könne Kranke heilen. Und tatsächlich schien es auch so zu sein, auch wenn Berti keine einzige Heilung sofort als solche erkannt hatte.

Viele Kranke wurden zu Jesus gebracht, in der Hoffnung, er könne ihnen helfen. Manchmal legte er ihnen die Hände auf oder sagte irgendetwas. Manchmal sah er sie auch einfach nur an. Niemand sprang anschließend jubelnd davon. Alle wirkten jedoch in diesem Moment der Heilung verändert.

Berti wusste nicht, was genau sie veränderte. Vielleicht war es Jesu Blick. Er sah die Menschen so anders an. Liebend und manchmal ein bisschen fordernd. Barmherzig und manchmal ein bisschen aufrüttelnd.

Einer völlig durchgedrehten Alten hielt er beide Hände fest und nahm sie dann in die Arme. Ihr Zittern und Keifen verstummte, sie blieb stehen und ließ sich halten. Danach setzte sie sich und war ganz ruhig. Niemand wusste, ob sie anschließend wieder tobte, aber für den Moment war sie gehalten und geheilt und das veränderte auch alle Menschen, die es erlebt hatten.

Einen Gelähmten stellte Jesus auf seine kranken Füße und flüsterte ihm etwas zu. Der Gelähmte lächelte und stand tatsächlich für einen Moment völlig frei da. Anschließend setzte er sich wieder und sah auch im Sitzen größer aus als alle Umstehenden. Er sprang nicht umher, aber er wirkte versöhnt, aufgerichtet, ermutigt. Geheilt eben.

Einem wild zuckenden Epileptiker hielt er die Hand und tupfte ihm mit einem Leinentuch den Speichel vom Kinn. Immer wieder strich er ihm über die kalte Stirn und summte dazu eine Melodie, die Berti zu kennen glaubte. Der Krampfanfall ging vorüber, niemand wusste, ob wieder einer käme, aber alle hatten gesehen, wie man mit Krämpfen im Leben umgehen konnte.

Vielleicht war das Heilen Jesu ganz anders, als es den Kindern des 21. Jahrhunderts erzählt wurde. Vielleicht auch nicht. Das hier war ja nur ein Traum …

Berti sah das Andere im Handeln Jesu heute sehr klar. Es war das Achtsame, das Fürsorgliche, das Aufdeckende, das Ernstnehmende. Dies heilte die Menschen!

Etwas traurig erinnerte er sich an einen hinkenden Mann, der es offensichtlich nicht geschafft hatte, zu Jesus durchzudringen. Woran hatte es gelegen? Konnten es eben doch nicht alle schaffen? War es auch ein wenig Glückssache, geheilt zu werden? Oder würde es für den Mann einfach einen neuen Versuch geben oder Heilung an anderer Stelle?

Nachfolge. Könnte sie bedeuten, diesen Blick Jesu einzuüben, damit der Hinkende durch einen anderen Menschen auch etwas davon abbekäme?

Viele Fragen beschäftigten Berti. Mehr Fragen als Antworten und doch auch eine Spur, der er weiter folgen wollte. Sich an Jesus halten. Vielleicht war das tatsächlich eine Möglichkeit, um herauszufinden, wohin man gehörte.

Als Berti erwachte, war es noch stockfinster. Das war im Januar nicht ungewöhnlich. Er stand auf und ging in die Küche. Dort saß schon Reinhard, sein

Schwiegervater. Er war ein alter Mann, aber seine Augen waren hellwach und in seiner Gegenwart fühlte sich Berti immer geborgen. Als Reinhard im Herbst einmal zusammengeklappt war, hatten sie ihn überredet, zu ihnen zu ziehen.

„Das kann ich euch unmöglich zumuten", hatte Reinhard zunächst immer wieder gesagt.

„Das stimmt", sagte Nele einmal. „Ich kann mir auch nichts Schlimmeres vorstellen, aber ich möchte schließlich erben und daher …"

Da war Reinhard überzeugt.

Berti setzte sich zu ihm und sie sagten erst einmal nichts. Dann griff er nach der Bibel und schlug sie in der Mitte auf.

„Weißt Du, was Nils im Reliunterricht macht?" fragte er Reinhard.

„Nein."

„Sie übertragen Psalmen."

„Oh. Das ist zwar nicht besonders originell, aber ich bin sicher, es kann für den Einzelnen viel bedeuten …"

„Wieso ist es nicht originell?" fragte Berti. „Ich finde es originell."

„Vergiss es. Das war nur ein überheblicher Theologenspruch. Hinz und Kunz haben eben Psalmen übertragen, verstehst Du?"

„Ja, sicher. Aber keiner hat es so gemacht wie Nils oder ich oder Kollege Reifferscheid oder du."

„Du und Dein Kollege Reifferscheid?"

„Ja, da staunst Du, was? Und es war sehr originell."

„Und wieso sollte ich Psalmen übertragen?" fragte Reinhard.

„Weil Du dran bist. Das haben wir beschlossen. Los jetzt." Berti drückte Reinhard die Bibel in die Hand. „Psalm vier. Zackzack!"

Reinhard schlug den vierten Psalm auf, blickte eine Weile auf die Zeilen und sagte dann, als würde er es ablesen:

Abendgebet (Psalm 4)

Gott, hörst Du mich,

wenn ich mich an Dich wende?

Ja, Du tröstest mich, wenn ich Angst habe.

Ja, Du hörst mich.

Oft bin ich hin und her gerissen

und weiß nicht, wer ich bin.

Auch ich stecke voller Eitelkeiten und nehme es manchmal mit der Wahrheit nicht so genau.

Aber Du, Gott, bist da. Immer.

Ich bin froh,

dass ich mit allem zu Dir kommen kann.

Wenn ich ruhe, dann wende ich mich an Dich

und hoffe auf Deine Gegenwart.

Manche fragen, wo Du bist.

Ob es Dich gibt.

Gott, schau' uns freundlich an.

Dann bin ich reich,

auch wenn andere mehr Geld haben.

Ich kann ruhig schlafen,

denn bei Dir bin ich geborgen.

„Das machst Du einfach so, typisch Reinhard. Nicht zu fassen. Ich breche mir einen ab und kritzele rum und du redest das einfach so runter."

„Ich habe nichts dafür geleistet", murmelte Reinhard. „Es ist einfach da. Die Worte fallen mir zu."

„Das ist sehr schön", sagte Berti leise.

Ein Abendgebet am Morgen. Wie passend fanden die beiden Männer das, um in den Tag zu gehen.

Momente wie dieser

An Bertis Geburtstag Ende Januar lag so viel Schnee, dass sie nicht mehr wussten, wohin sie ihn von der Straße aus schippen sollten. Nachmittags machten sie sich auf den Weg zum Schlittenfahren. Natürlich gingen nur die beiden Jungs mit, Nora schrieb eine Facharbeit und Nina ging nur vor die Tür, um zu rauchen oder zur nächsten Party zu kommen.

Berti sauste mit seinen Söhnen den Hügel runter und Nele stand mit Käthe dabei und erfreute sich an diesem Spektakel. Als die drei eben gerade wieder oben bei ihr auf dem Hügel ankamen, packte sie Berti und küsste ihn. „Das Leben ist schön", sagte sie mit roten Wangen und Berti wusste, dass sie die Wahrheit sagte. „Was sind wir doch für glückliche Menschen! Wir können uns wirklich freuen, oder Berti?"

„Ja."

In dieser Nacht sah Berti noch einen Hügel und auch von der Freude war in seinem Traum die Rede.

Immer mehr Menschen folgten Jesus nach und drängten sich um ihn. Eines Tages stieg er deshalb auf einen Hügel und wandte sich der Menge zu. Der Moment hatte etwas Magisches, Berti spürte, dass er eine große Bedeutung hatte.

Jesus sagte, dass sie sich freuen sollten. Freuen, wenn sie von Gott mehr erwarteten, als von sich selbst. Berti berührte das sehr, denn er hatte immer geglaubt, dass er letztlich alles allein erledigen musste. Dieses Alleinsein hatte ihn manchmal sehr traurig gemacht und er kannte viele, denen das auch so ging. Ja, er wollte etwas von Gott erwarten, auch weil er sicher war, dass ER ihn nicht enttäuschte.

Eine neue Welt und ein neues Leben versprach Jesus den Menschen, die sich so auf Gott verlassen wollten. Es war klar, dass er damit nicht Wohlstand oder die Lösung von Problemen meinte. Jesus meinte diese allumfassende neue Sicht, die auch in seinem Heilswirken spürbar geworden war. Sich auszurichten nach etwas Größerem, als den eigenen Ängsten und Begrenzungen. Zum Ursprung zurückzufinden und von diesem Ursprung alles zu erwarten. Ja, durchaus alles!

Jesus sagte, dass diejenigen sich freuen dürften, die unter der Not der Welt litten. Gott würde ihnen diese Last abnehmen.

Dies schien Berti zunächst absurd. Wie sollte man unter der Not der Welt leiden und sich gleichzeitig freuen? Dann dachte er daran, wie er nachts wach gelegen hatte, weil ihm die Bilder der Menschen nicht aus dem Kopf gegangen waren, die eine Flutwelle einfach weggespült hatte. Er dachte an die Straßenkinder und die Obdachlosen, die sich in U-Bahnhöfen wärmten. Er dachte an die nüchterne Berichterstattung über strategische Ausschaltung militärischer Ziele und die dabei verschwiegenen toten Jungen in Uniformen, deren Eltern keine Worte für ihren Schmerz finden konnten. Er dachte an Herodes und die getöteten Babys. Und er dachte an die tausendfach täglich sterbenden Babys, die dem Welternährungsproblem des 21. Jahrhunderts zum Opfer fielen.

Wie sollte man sich da freuen? Wie sollten sich all diese Notleidenden freuen?

Berti schien der Verweis auf eine spätere Paradieswelt fast zynisch. Nur war Jesus alles, aber kein Zyniker. Er versprach Trost. Hoffnung auch für die, die in dieser Welt keinen Trost finden konnten.

Das durfte man glauben. Wissen konnte man es nicht.

Berti wollte Jesus das glauben. Es schien auch für ihn die einzige Möglichkeit, sich mit Gott zu versöhnen, der doch eine Welt geschaffen hatte, in der all dieser Schmerz möglich war.

Jesus sagte, dass sich alle freuen dürften, die keine Gewalt anwendeten. Ihnen solle die Erde gehören.

Ach, wäre es doch schon so weit. Traurig warf er einen kurzen Blick auf die knapp zweitausend Jahre, in denen es so unendlich viel Gewalt gegeben hatte. Jesus musste das doch wissen! Wann war es endlich so weit, dass die Erde denen gehörte, die keine Gewalt mehr anwendeten? Wann?

Berti wäre am liebsten zu Jesus auf den Hügel gestiegen und hätte ihm mal erzählt, wie fern das noch immer war. Er wollte ihn fragen, ob er nicht vielleicht etwas leiser auftreten wollte, im Angesicht von zweitausend Jahren Terror.

Es geschah etwas Eigenartiges. Obwohl Berti relativ weit weg stand, spürte er plötzlich eine große Nähe zu Jesus. So als würde Jesus sagen: „Ja, es ist unfassbar. Aber wir können uns nicht nur ein bisschen

Frieden wünschen. Wir müssen den umfassenden Frieden erwarten und Gott diesen auch zutrauen. Erst dann werden die Menschen zur Vernunft kommen. Erst dann."

Berti glaubte zu verstehen. Entscheidend war nicht, ob Gott die Welt zwangsbefriedete, sondern ob die Menschen zu Gottes Friedensabsicht Ja sagen konnten.

Und das, genau das, konnten sie bis heute nicht.

Jesus sagte, dass alle sich freuen dürften, die brennend darauf warteten, dass Gottes Wille geschehe. Gott würde ihre Sehnsucht stillen.

Ach Sehnsucht. Berti mochte dieses Wort nicht und flüsterte Caspar zu: „Scheiß Sehnsucht. Ist auch nicht besser als jede andere Sucht."

„Sucht kommt aber von Suchen – hast Du darüber auch schon einmal nachgedacht?"

Das hatte Berti nicht. Zu Süchten hatte er eine sehr spezielle Meinung. Zum Suchen allerdings auch. Kam es am Ende darauf an, dass das Suchen nicht zur Sucht werden sollte? War das brennende Warten auf das Geschehen des göttlichen Willens eine Suche, die uns weg von allen Süchten führen konnte?

Berti sehnte sich viel. Und er fragte oft, welcher Weg wohl der richtige sei.

„Gott weiß, was für uns der richtige Weg ist. Gerade dann, wenn wir es selbst nicht wissen", sagte Caspar weiter.

Berti dachte daran, dass Jesus – jedenfalls wenn man der Bibel glaubte – am Ende sogar den Willen Gottes durch das Kreuz hinnahm. Dies war Berti immer etwas unmenschlich vorgekommen, aber Jesus war ja auch nicht irgendwer. Vermutlich musste der Wille Gottes also völlig unabhängig von unseren persönlichen Erwartungen gesehen werden. Das Geschehen seines Willens zu erwarten, hieß auch Befreiung von den eigenen Süchten zu ersehnen.

Jesus sagte, dass sich alle freuen dürften, die barmherzig sind, denn Gott würde auch mit ihnen barmherzig sein.

Berti waren in seinem Leben schon viele barmherzige Menschen begegnet. Diese Begegnungen gehörten zu seinen größten Schätzen. Dass Gott auch mit ihnen barmherzig sein würde, fand er daher eigentlich selbstverständlich. „Naja", flüsterte Berti. „Er kann auch ruhig mal etwas Selbstverständliches sagen." Caspar schaute ihn an und zog die Augenbrauen hoch. Berti wurde ein bisschen rot.

Jesus sagte, dass alle die ein reines Herz hatten, sich freuen dürften, denn sie würden Gott sehen. Bei Kindern war Berti schon oft aufgefallen, dass sie Gott viel unbefangener begegnen konnten als manche Erwachsene. Lag dies daran, dass sie ein reineres Herz hatten? Vielleicht hatte das Leben manche Kinderherzen noch nicht so trübe gemacht, wie viele erwachsene Herzen. Vielleicht konnte man Gott tatsächlich besser wahrnehmen, wenn nicht der Schmutz von vielen schlimmen Erfahrungen am eigenen Herzen klebte. Kinder erlebte Berti manchmal mehr im Einklang mit sich selbst als Erwachsene. Daher war bei manchen wohl auch der Blick weniger verstellt. Ein reines Herz zu haben schien Berti ein sehr schöner Zustand. Er überlegte, wie er seines etwas reiner machen könnte. Ja, wie?

Jesus sagte, dass diejenigen Gottes Kinder sein sollten, die Frieden schaffen. Bekam man also durch das tatkräftige Schaffen von Frieden vielleicht sogar ein reines Herz?

Caspar nickte bei diesen Worten Jesu langsam und sehr bedächtig. So, als ob hier gerade etwas gesagt wurde, das ihm außerordentlich wichtig war. Frieden.

Berti sah Caspar an. An seinem Hals und auf seinen Armen waren ihm schon vor einiger Zeit tiefe und große Narben aufgefallen.

„Frieden", sagte dieser. „Frieden."

In Caspars Gesicht stand geschrieben, dass er in seinem Leben mehr Blutvergießen gesehen hatte, als ein Mensch ertragen kann.

Jesus sagte, dass alle sich freuen dürften, die Gottes Wege gingen und deshalb verfolgt würden. Eine neue Welt mit Gott versprach er ihnen. Ja sogar jubeln sollten sie über die Aussicht dieser neuen Welt.

Erklärte sich so die scheinbare Gelassenheit mancher Männer und Frauen, die um ihres Glaubens und ihrer christlichen Taten willen verfolgt wurden? Trug sie diese Aussicht auf eine neue Welt? Oder war es eher der Blick auf diesen Jesus, der sich selbst am Ende aufgab, um Gott zu folgen.

Diese Frage war für Berti sehr schwer. Er mochte nicht, dass Menschen für die gute Sache Gottes geopfert werden mussten. Er hätte es gut gefunden, wenn Jesus alt geworden wäre und die Menschen sich für das neue Leben, das er predigte, ein anderes Symbol als das Kreuz hätten suchen müssen.

Er mochte nicht, dass es Märtyrer gab und schon gar nicht, dass Menschen Synagogen, Kirchen oder auch Moscheen anzündeten.

Aber das war wohl die Welt. Das hatten die Menschen aus ihr gemacht. Und deswegen konnte sich Berti auch vorstellen, dass es Momente geben konnte, in denen man bereit war, für seine Überzeugung viel Leid in Kauf zu nehmen. Gleichzeitig hoffte er sehr, dass er selbst nie in eine solche Situation geraten würde, denn er hielt sich für nicht besonders mutig.

„Sei still und vergleiche Dich nicht", flüsterte Caspar wieder einmal.

Berti lächelte. Jesus machte eine Pause und setzte sich. Die Menschen taten es ihm gleich und Berti spürte, dass dies tatsächlich ein ganz besonderer Moment war. Er fand es unglaublich, dass Jesu Worte über das Leben vor so langer Zeit gesagt worden waren und eigentlich bis heute nichts von ihrer Kraft verloren hatten.

Nein, nicht unglaublich war das.

Glaublich war es …

Am Tag nach Bertis Geburtstag hatte er Spätdienst. Alle Kinder waren aus dem Haus. Nele und er saßen beim dritten Frühstück. Das erste verbrachte Berti meist allein mit Nils, denn dieser musste als erster aus dem Haus. Mit Niklas gab es dann das zweite. Nina frühstückte nie, da sie morgens gefühlte viereinhalb Stunden brauchte, um sich „fertig" zu machen. Was war das für eine wunderbare Mehrfachbedeutung. „Fertig machen" konnte ja so vieles heißen!

Nele schlürfte ihren Milchkaffee und sagte, dass sie heute „keinen Bock auf das Gelaber" habe. Sie wollte damit wohl ausdrücken, dass es ihr lieber wäre, wenn heute keine Klienten zu ihr in die psychologische Praxis kämen. Es war sicher ganz gut, dass sie diese Formulierung nur im Schutzraum Küche wählte. Verständlich fand Berti es allemal. Nur weil Nele ein Profi war, musste das ja nicht heißen, dass ihr das fortwährende Zuhören immer leichtfallen musste.

„Mach doch noch mal was für Dich", schlug Berti vor. Das war für beide manchmal nicht so einfach. Job und Familie füllte die Tage fast komplett aus. Da blieb schon für die Zweisamkeit meist recht wenig Zeit. In diesem Jahr hatte Nele sich eine Woche einsames Inselleben verordnet. Aber das war noch lange hin.

„Und was machst Du für Dich?"

Berti schmunzelte und griff nach der Bibel. Nele kreuzte die Zeigefinger. „Ahh – nein. Kindheitstrauma!" Das war ein bisschen gemein, denn obwohl ihr Vater Pfarrer war, hatte er sie und ihre Schwester doch immer sehr eigene Wege gehen lassen.

„Du liest Bibel?" fragte sie nun.

„Ich übertrage Psalmen. Oder sagen wir eher, ich übertrage und lasse übertragen ... Wie wär´s?"

„Ich?"

„Du. Nummer fünf."

„Ist das ein Befehl?"

„Jawohl. Tu´s für dich!"

Als Berti tief in dieser Nacht vom Spätdienst nach Hause kam, fand er auf seinem Kopfkissen einen Umschlag auf dem in Neles Handschrift geschrieben stand: *Für mich – und Dich*

Und drinnen war zu lesen:

Leite mich (Psalm 5)

Gott, höre mir zu, achte auf mich.

Ich bin in Not, mein Gott, MEIN Gott.

Zu Dir will ich kommen, ja,

Du hörst mich.

Du achtest mich auch, wenn ich schwach bin.

Angeber ernten bei Dir nur ein Lächeln.

Schwätzer lässt Du verstummen.

Du bist gegen das Böse

und weißt um den Schmerz in jeder Lüge.

Gier und Brutalität bringen Dich zum Weinen.

Zaghaft halte ich mich zu Dir.

Danke sage ich für Deine Nähe.

Danke, dass ich mit Dir sprechen kann.

Führe mich an Deiner Hand.

Lass mich Deine Wege mit mir erkennen.

Die Welt um mich herum mit allem Getöse.

Sie ist so laut und macht mir Angst.

Lass die Böswilligen

nicht die Oberhand gewinnen.

Greif ein und schütze

die Ängstlichen und Leidenden.

Zaubere wieder ein Lachen auf unser Gesicht.

Und vertreibe die Angst vor denen,

die uns schaden wollen.

Lass uns bleiben, bei Dir.

Wir stehen unter Deinem Schutz.

Du bist da.

„Wow", flüsterte Berti und schlief zufrieden ein.

Was für eine Rede

Normalerweise langweilte sich Berti bei langen Reden zu Tode. Heute war das ganz anders, auch wenn es eine wirklich sehr lange Rede war, die Jesus hielt. Sehr lang!

Jesus sprach über die Bedeutung der Menschen, sie seien das Licht der Welt und das Salz für die Suppe oder so ähnlich. Er sprach über Gesetze und Ordnung und dass diese den Menschen dienen sollten und nicht umgekehrt.

Dann fand Jesus sehr klare Worte über Mord und Schuld. Schließlich sprach er von der Ehe. „liebe Güte", dachte Berti, denn Jesus war hierbei nicht gerade zimperlich. Ihm wurde etwas mulmig, aber Caspar beruhigte ihn: „Berti", sagte er. „Jesus spricht zu den Männern seiner Zeit. Viele behandeln ihre Frauen herablassend und ohne jeden Respekt. Wie Eigentum werden sie versteigert oder verstoßen, gerade so, wie es den Männern gefällt."

„Würde er in meiner Zeit anders reden?"

„Er redet in Deiner Zeit anders. Manche seiner Worte müssen wir durch die Zeiten bringen.

Schließlich ist er ein echter Mensch und das eben in seiner Zeit."

„Wie, er redet in meiner Zeit anders?"

„Um Respekt geht es und um Achtung. Das kann vieles heißen, auch für Dich …"

„Liebe Güte!"

Berti dachte an seine eigene Geschichte. Er war bekümmert, wenn er Menschen erlebte, die ihren Streit auf dem Rücken ihrer Kinder austrugen. Es gruselte ihn, wenn er an manche dachte, die nach Jahren des Zusammenseins nun kein Wort mehr miteinander sprachen oder nur noch Gift und Galle spuckten. Ja, Respekt war im einundzwanzigsten Jahrhundert immer noch Respekt.

Was dies im Einzelnen hieß, musste wohl immer neu herausgefunden werden, neu gelebt werden, neu errungen werden.

Jesus sprach weiter. Davon, dass man nicht schwören sollte und dann rief er sogar: „Sagt einfach Ja oder Nein; jedes weitere Wort ist vom Teufel!"

Wow – das hatte gesessen. Die Vielredner schwiegen und Berti dachte an das manchmal so unsägliche

Gefasel seiner Zeit. Von überall her wurde man mit Argumenten und Worthülsen zugeschüttet. Wer einen Fehler gemacht hatte, gestand ihn nicht ein, sondern produzierte verdrehte Erklärungen, um am Ende doch noch ganz gut dabei weg zu kommen. „Mann, wenn Jesus wüsste, dass die Welt 2000 Jahre später kaum einen Schritt weiter ist", dachte Berti und schüttelte den Kopf.

Jesus sprach über Gewaltlosigkeit und Feindesliebe, darüber, dass es leicht war, die zu lieben, die man mochte, aber schwer, denen Gutes zu wünschen, die einem schaden wollten. „Liebt Eure Feinde", sagte Jesus und danach war es lange still.

Wie konnte das einer sagen, der selbst als Kind fast den Schwertern der Soldaten zum Opfer gefallen war? Wie konnte er das Menschen sagen, die nicht wussten, ob sie mehr unter den Ketten ihres despotischen Königs oder den Stiefeln der römischen Soldaten litten?

Er konnte.

Das war´s.

Die Menschen lauschten und begriffen, dass er das alles um ihretwillen sagte. Ja, nur so konnte es gehen. Wenn irgendwann einmal alle bereit waren, den Kreislauf von Schlag und Gegenschlag zu durchbrechen. Dies galt ja nicht nur für die Kriege und blutigen Gewalttaten. Eigentlich galt es für jeden Streit und jeden Unfrieden. Irgendwann musste man aufhören, einander übertreffen und vernichten zu wollen, sondern leben, wovon Jesus immer wieder sprach: Respekt.

Jesus sprach über die Hilfe für die Armen und dann schließlich über das Beten.

Ach, das Beten. Früher hatte Berti damit nicht viel anfangen können. Heute war das ganz anders. Es war für ihn wie ein flüsternder Begleiter, ein Fenster zum Herzen und die Möglichkeit, Freude, Hoffnung, aber auch Schmerz und Ohnmacht in den Himmel zu schicken. Berti hatte sich bei wohl formulierten Gebetstexten in Gottesdiensten schon unglaublich gelangweilt. Und er hatte sich geschüttelt, wenn er den Eindruck hatte, die Vorbeter seien so ergriffen von ihren eigenen Worten, dass die Stimme bebte. Beten war eben kein eitles Schaulaufen und keine

Predigt. Es war die unmittelbare und herzliche Rede zu Gott - so hatte es Jesus ja gesagt

Berti wusste, dass das Vaterunser aus der Bibel kam. Aber nun, hier in seinem Traum, ergriffen ihn seine „Hirngespinste" mehr als er erwartet hatte.

Wenn man also betet, dann soll man es so machen, sagte Jesus:

Unser Vater im Himmel, geheiligt werde Dein Name. Berti wollte gerne den Namen Gottes ehren und ihn einzigartig wichtig nehmen.

Dein Reich komme. Mitten unter uns, heute und hier sollte es anbrechen. Das Ende für Gewalt und das Streben nach Macht und Unterwerfung. Kein Besitz mehr. Neue Regeln in Gottes Reich.

Dein Wille geschehe. Was auch immer das hieß. Gottes Willen als gut anerkennen, ohne ihn überblicken zu können.

Wie im Himmel so auf Erden. Ja, das musste überall gelten. Im Jenseits. Im Diesseits. Oben. Unten. Rundherum.

Unser tägliches Brot gib uns heute. Und nicht nur uns, sondern allen Deinen Kindern. Die Satten sind Teil der beschissenen Lage und daher musste diese Bitte das Flehen um Gerechtigkeit enthalten.

Und vergib uns unsere Schuld. Immer wieder einen neuen Anfang wagen. Neu auf die Füße gestellt werden, sich aufrichten. Frei und erneuert.

Wie auch wir vergeben unseren Schuldigern. Logisch. Wer neu anfangen wollte, musste das auch jedem anderen ermöglichen.

Und führe uns nicht in Versuchung. Was auch immer das heißen mochte. Vielleicht ging es darum, Gott auf der Spur zu bleiben und sich nicht mit der billigen Gnade und dem einfachen Weg zufrieden zu geben.

Sondern erlöse uns von dem Bösen. Ja, davon konnte man nur erlöst werden. Schließlich hatten die Jahrtausende bewiesen, dass wir das Böse nicht besiegen konnten.

Denn Dein ist das Reich. Wo endlich Friede war.

Und die Kraft. Die mindestens bis dahin reichen musste.

Und die Herrlichkeit. Das Schöne und Vollkommene im Bitteren und Unvollkommenen.

In Ewigkeit. Also dort, wo die Zeit keine Rolle mehr spielte.

Amen. So sollte es sein.

So sollte es sein?

Berti erwachte mitten in der Nacht durch ohrenbetäubenden Lärm auf der Straße. Er stand auf, ging zur Haustür, öffnete sie und schaute raus.

Das Pärchen von schräg gegenüber stand mitten auf der Straße und brüllte sich gegenseitig an. Es war ziemlich kalt und die beiden hatten wenig an. Berti kannte sie nicht besonders gut, daher wusste er noch nicht einmal ihre Namen. Als er gerade überlegte, ob er etwas sagen sollte, verstummten die beiden, gingen aufeinander zu und umarmten sich. Berti konnte nicht ganz folgen, aber das war ja auch nicht wichtig.

Wichtig war, dass hier zwei Menschen auf der Straße standen, die sich eben noch angebrüllt hatten und sich nun ohne einen für Außenstehende erkennbaren Grund in den Armen lagen.

Berti lächelte und hoffte, dass dieser Zustand ein Weilchen anhalten möge. Mindestens bis alle ausgeschlafen hatten.

„Dein Reich komme" flüsterte Berti.

Er schloss leise die Tür, schlich in die Küche und setzte sich an den Tisch. Berti fiel auf, wie unansehnlich die Bibel eigentlich aussah. Sie war Jahrzehnte alt und nie besonders gut behandelt worden. Ihrem lebendigen Inhalt hatte das aber nicht geschadet. Berti kniff die Augen zusammen und las sich gegen halb drei Uhr in der Nacht den sechsten Psalm durch. Er las ihn wieder und wieder. Dann schrieb er mit Kreide auf die Kindertafel an der Küchenwand:

Unter Tränen (Psalm 6)

Bestrafst Du mich, Gott?

Ich fühle mich verlassen.

Und schwach.

Sei mir nahe, Gott.

Heile meine Angst und meine Schmerzen.

Mein Körper ist wie gelähmt und tut weh.

Meine Seele ist einsam.

Wie lange soll ich mich noch sehnen.

Hilf mir, rette mich.

Du hast es doch versprochen,

immer da zu sein, gerade in finsteren Zeiten.

Wer verloren geht,

kann sich kaum noch zu Dir wenden.

Ich bin müde vom Weinen.

Meine Tränen fließen ohne Ende.

Tag und Nacht.

Es scheint, als wäre alles gegen mich.

Auch Du?

Nein.

Ich will an Dir festhalten.

Du kennst meine Traurigkeit.

Bist nahe, auch wenn ich mich fern fühle.

Eines Tages, ja.

Eines Tages wirst Du meine Angst in Mut wenden.

Meine Trauer in Hoffnung.

Ja.

Berti zitterte, weil er einmal mehr spürte, wie die Zeilen sich ihren Weg durch die Jahrtausende bahnten. Sie hatten nichts von ihrer Kraft verloren und beschrieben bis heute Licht und Schatten der Menschen und den Kontakt zu einem liebenden, aber manchmal doch recht fremden Gott.

Er hatte das alles doch auch schon gefühlt. Und all die anderen, alle um ihn herum auch. Seine Familie, seine Nachbarn und Freunde. Das Pärchen auf der Straße …

Eines Tages würde Gott die Angst der Menschen in Mut verwandeln, die Trauer in Hoffnung …

Und ja, das tat er bereits. Gerade hatte Berti das doch auf der Straße erlebt.

Im Auge des Sturms

Es war einer dieser seltsamen Winter, die kein Ende zu nehmen schienen. Eine Erkältung ging in die nächste über, irgendwann machte auch das Schlittenfahren keinen Spaß mehr und alle Welt sehnte sich nur noch danach, dass endlich das erste Grün an Sträuchern und Bäumen zu sehen sein würde.

Berti schlurfte mit Käthe über die Felder. Dem Hund machte die Witterung rein gar nichts aus. Er hüpfte vor Berti her, als sei es das Großartigste bei fünf Grad durch den Schlamm zu pflügen und vermoderten Stöckchen nachzujagen.

„Was denkst Du Dir eigentlich?" schnauzte er Käthe an. „Du tust so, als wäre Dir dieses Mistwetter völlig egal!"

Stimmt – dachte Käthe und wedelte mit dem Schwanz. Bertis Schwägerin Frauke hatte ihm neulich einen langen Vortrag über das Bewusstsein der Tiere gehalten.

„Tiere haben kein Bewusstsein", hatte Berti gesagt.

„Sie denken schließlich nicht über sich selber nach, oder?"

„Ob das so entscheidend ist, Berti? Sie zeigen Gefühle, sie haben ein Gesicht und ihr ganzes Leben wird zumeist durch Leiden bestimmt. Das sind die Dinge, die ein Bewusstsein ausmachen, nicht das blödsinnige Nachdenken über sich selbst."

Frauke hatte viele Bücher über die fernöstlichen Religionen gelesen und entfaltete dann mal eben zwischendurch die Lehre von der Seele der Tiere. Berti fand das beeindruckend und musste gerade jetzt daran denken. Käthe machte ganz offensichtlich das Beste aus diesem Wetter. Schließlich konnte sie es eh nicht ändern. Das leuchtete Berti ein.

„Bist gar nicht so doof, Käthe", murmelte er und warf noch ein Stöckchen.

Berti war so in Gedanken, dass er den herannahenden Mann mit dem großen Hund zunächst gar nicht bemerkte. Alles ging sehr schnell. Der andere Hund stürzte sich auf Käthe, die sich winselnd auf den Rücken warf. Berti war starr vor Schrecken, der andere Hundebesitzer sicher noch hundert Meter entfernt. Der Riesenköter knurrte, fletschte die Zähne und wollte Käthe ganz offensichtlich an die Gurgel. Berti nahm die Leine und warf sie nach dem fremden Hund. Der sprang zurück und verharrte einen

Augenblick. Schnell leinte Berti Käthe an und wollte weiter gehen. Da war der große Hund aber auch schon wieder da. Käthe sprang zurück, so dass Berti sich in der Leine verfing und stürzte. Eine Sekunde später stand der zähnefletschende Monsterhund über ihm. Berti hielt sich den Arm vor das Gesicht und bewegte sich nicht.

„Rex. Aus!" brüllte es in noch einiger Entfernung. Rex knurrte weiter. Berti hatte das Gefühl, als würde die Zeit still stehen. Ein paar Augenblicke später wurde das Tierchen unsanft zurückgerissen.

„Was machen Sie denn hier für Faxen?" raunzte der fremde Hundebesitzer, ruckte kurz an der Leine und ging weiter.

Berti lag auf dem Boden, die winselnde Käthe saß neben ihm. Er rappelte sich hoch und schaute sich seine völlig verdreckte Kleidung an. Er war so sprachlos, dass er nicht einmal Hallo oder Hei rufen konnte. Rex war mit Herrchen seelenruhig weiter gegangen.

Berti zitterten ein wenig die Knie. Käthe hockte mit eingezogenem Schwanz neben ihm und schaute ihn schuldbewusst an.

„Was war denn das jetzt?" stammelte Berti und versuchte zu verstehen, was sich hier gerade an diesem nasskalten Februarmorgen ereignet hatte. Das Denken fiel ihm zunächst schwer. Dieses krampfartige Gefühl in der Magengegend verhinderte strikt, dass sein Gehirn die normalen Funktionen wieder aufnahm. Berti sah Käthe an und ihm wurde schlagartig klar, dass sie augenblicklich exakt das Gleiche empfanden:

Angst.

Angst vor etwas, dass wie aus dem Nichts aufgetaucht und wieder verschwunden war. Angst vor etwas, dass man mit ein wenig Coolness vermutlich mühelos hätte bewältigen können. Angst vor etwas dennoch total Unberechenbarem, welches ihnen hätte erheblichen Schaden zufügen können.

Berti dachte nicht mehr darüber nach, warum sich dieser Vollidiot so benommen hatte. Ob man den Hundebesitzer verklagen oder ihm gar den Hund abnehmen konnte. Er dachte nicht daran, was er wie am besten gesagt hätte und wie er statt auf dem Boden herumzuliegen, mit einigen gekonnten Tricks Hund und Herrchen als hübsches Päckchen hätte verschnüren können.

Berti dachte nur an das Gefühl der Angst. An seins und an Käthes. Die gleiche, menschlich-tierische Angst.

Zuhause angekommen zog er sich um, fütterte Käthe und verwickelte seine Familie in ein einstündiges Gespräch über die Seele der Tiere.

„Werde doch Tiertherapeut", sagte Nele schließlich und knuffte ihn in die Seite. Berti fand, dass Nele manchmal eine seltsame Art von Humor hatte. Trotzdem musste er lachen.

„Und wenn der Hund mich gefressen hätte?"

„Kleingläubiger!" sagte Reinhard und legte seinem Schwiegersohn sanft die Hand auf den Arm. „So etwas passiert. Aber wir dürfen nicht davon ausgehen, dass es passiert. Wir sollten tapfer an die Lösung glauben!"

„Und was bringt das?"

„Es hilft, die Angst unter Kontrolle zu bekommen. Habe ich gelesen …"

„Und ausprobiert?"

„Bis jetzt nicht …"

Berti konnte an diesem Abend lange nicht einschlafen. Er dachte über Angst, Menschen, Tiere, Bewusstsein und allerlei Seelensachen nach.

Caspar und Berti standen am Ufer eines Sees inmitten einer ziemlich großen Schar Menschen. Jesus stand in der Nähe eines Bootes und unterhielt sich mit ein paar Männern. Immer mehr Menschen wollten möglichst nah bei Jesus sein. Manche ließen alles zurück, nur um mit ihm zu gehen. Andere zögerten und wollten oder konnten sich nicht aus ihren bisherigen Leben lösen. Jesus verlange aber auch einiges. Einer der Männer, die ihm folgen wollten, hatte gerade seinen Vater verloren und wollte sich nun um die Beerdigung kümmern. Jesus sagte, er solle die Toten ihre Toten begraben lassen. Das fand Berti ziemlich krass. Hatte Jesus denn gar kein Mitgefühl? Konnte er sich denn nicht vorstellen, dass es für den Mann wichtig war, in Ruhe Abschied zu nehmen und die Dinge angemessen zu regeln? Jesus kannte manchmal keine Kompromisse. Jetzt oder nie. Das kam Berti ziemlich streng und hart vor. Dann aber setzte sich Jesus wieder zu irgendwelchen

Landstreichern auf den Boden, tröstete verstoßene Frauen und setzte sich für die Kinder ein.

Eine ziemlich komplexe Persönlichkeit, dieser Jesus. *Komplexe Persönlichkeit* – diese Bezeichnung gebrauchte Reinhard gerne für sich. Nele sagte dann immer, das einzig komplexe an ihrem Vater seien seine Komplexe.

Nun, Jesus war auf jeden Fall sehr komplex. Manchmal schwierig und manchmal ganz leicht zu verstehen.

Die Menschen drängten sich immer dichter um ihn. Da stieg er ins Boot und wies seine Jünger an, abzulegen. Caspar zog Berti am Arm. „Komm", rief er. „Wir fahren mit."

Noch bevor er etwas erwidern konnte, hockte Berti mit Caspar im Boot und steuerte auf den See hinaus. Es musste der See Genezareth sein, Berti kannte ihn aus der Kinderbibel. Und irgendwie dämmerte ihm, dass es jetzt vielleicht etwas ungemütlich werden könnte.

Eine sanfte Brise trug sie schnell vom Ufer fort. Jesus hatte sich niedergelegt und die Augen zu gemacht. So war er. Wenn er Bewegung wollte, dann lief er. Wenn er etwas zu sagen hatte, dann redete er. Wenn er Hunger hatte, dann aß er. Und wenn er müde war, dann schlief er. Wie beneidenswert! Da legte sich der Kerl mitten ins Boot und schlief ein. Einfach so. Es kümmerte ihn nicht, was die anderen dachten oder ob sie lärmten und sangen. Er schlief, tief und fest, in aller Seelenruhe.

Der Wind wurde stärker und die Jünger waren plötzlich sehr beschäftigt. Es waren ja erfahrene Fischer, die genau wussten, was in solchen Momenten zu tun ist. Gekonnt richteten sie das Segel neu aus und behielten das Ruder behände unter Kontrolle. Jesus schlief.

Der Himmel verdunkelte sich und Berti flüsterte Caspar zu: „Die Story kenne ich. Gleich wird's ungemütlich."

Caspar schaute Berti ungläubig an und schüttelte den Kopf. Selbigen musste er dann plötzlich einziehen, weil der Schlagbaum durch den Wind herumgerissen wurde und ihn fast k.o. geschlagen hätte. Wie aus dem Nichts rollten auf einmal meterhohe Wellen heran und drohten das Boot umzuwerfen. Der kleine beschauliche See war binnen Minuten zu einem tobenden Ozean geworden. Die Männer schrieen und gestikulierten wild herum. Sie fielen übereinander und Berti wurde klar, dass sie die Kontrolle über das Boot verloren hatten. In den Augen war Panik zu sehen. Die Jüngeren duckten sich und hielten sich krampfhaft an irgendetwas fest. Caspar krallte sich in Bertis Arm. So viel Wasser auf einmal war ihm offensichtlich nicht geheuer.

Berti ließ Jesus nicht aus den Augen. Der lag immer noch zusammengekauert auf dem Boden, wurde von den immensen Schiffsbewegungen hin und her geschubst und … schlief!

Berti hatte in seinem Leben schon oft Angst gehabt. Jetzt hatte er keine. Er schaute sich das Ganze wie einen Film an und genoss, dass er das Ende zu kennen glaubte. Einer der Jünger robbte zu Jesus und packte ihn am Arm.

„Hilf, Herr!" schrie er. „Wir saufen ab. Wir gehen unter. Wir gehen alle drauf!"

Jesus war sofort hellwach. Er fasste den Jünger fest im Nacken und schaute ihm in die Augen. Er sagte kein Wort, stand auf und in diesem Moment legte sich der Sturm.

Berti staunte. Die Wellen ebbten ab, das Segel hing schlaff herunter und was blieb waren zwei Dutzend müde und nasse Frauen und Männer, die ziemlich blöd aus der Wäsche guckten.

Jetzt sagt er gleich was – dachte Berti.

Aber nichts geschah. Jesus sagte keinen Ton, sondern ging von Mensch zu Mensch und schaute sich jede und jeden genau an. Manchem legte er die Hand auf den Arm, mancher strich er über das Haar. Dann setzte er sich in die Mitte und blickte zum ersten Mal Berti direkt in die Augen.

„Ihr dachtet, das ist das Ende?" fragte er leise.

„Das ist es nicht. Fürchtet Euch nicht so sehr. Ich bleibe bei Euch, egal wie die Sache ausgeht."

Moment mal – dachte Berti. Er hatte in Erinnerung, dass Jesus so etwas wie „*Ihr Angsthasen, habt Ihr denn keinen Glauben*" oder so ähnlich sagte. Was war denn das jetzt? Da hatte aber ein Bibelschreiber nicht besonders gut aufgepasst.

Jesus hatte auch nicht den Wind und die Wellen bedroht. Er war einfach nur aufgestanden und der Spuk war vorbei. Die zitternden Jünger hatten gar nicht so recht kapiert, was los war. Und niemand wunderte sich. Im Gegenteil. Alle waren zutiefst beruhigt und getröstet.

Sie durften Angst haben. Jesus hatte das verstanden. Er hatte sie nicht angepflaumt, sondern ihnen versprochen, dass er bei Ihnen blieb, *egal* wie die Sache ausging.

Wusste Jesus etwa gar nicht, wie die Sache ausging?

Berti war total verwirrt. Auch darüber dass und wie Jesus ihn angesehen hatte. Durch Zeit und Träume hindurch hatte er ihm ohne Worte zugeflüstert, dass Angst erlaubt war, berechtigt, menschlich, angemessen … - dort, im Auge des Sturms.

Im Moment der größten Angst konnte man Jesus am Ärmel zupfen und der war sofort hellwach. Hellwach um da zu sein, *egal* wie es ausging.

Caspar grinste Berti an.

„Na? Ich dachte Du kennst die Story?"

„Dachte ich auch …"

„Du kanntest wohl nur das, was man Dir davon erzählt hat. Nicht das, was Du selbst erlebt hast."

„Ich träume!"

„Träum weiter …"

Berti wachte auf. Nele schnarchte ein bisschen. Käthe auch. Berti ging durch den Flur und setzte sich neben Käthe. Sie hob den Kopf. Berti tätschelte sie und sagte leise: „Nicht wahr? Wir bleiben beieinander, egal wie´s ausgeht …"

Käthe grunzte und schloss die Augen.

Berti ging in die Küche und trank ein Glas Wasser.

Er nahm die zerfledderte Bibel in die Hand und suchte nach der Geschichte von der Stillung des Sturms. Nach ungefähr zehn Minuten hatte er sie gefunden. Liebe Güte, die war ja total kurz. Fast nichts stimmte und die wesentlichen Sachen kamen gar nicht vor! Er musste lachen. Ja, na gut, es war ja *nur* ein Traum.

Sein Blick fiel auf die Kindertafel, wo noch immer Teile des vor Wochen dort hin gekritzelten sechsten Psalms standen. Er wischte die Reste fort und schrieb stattdessen:

Vertrauen (Psalm 7)

All meine Hoffnung bist Du, Gott.

Du hilfst mir, wenn ich mich bedroht fühle.

In finsteren Stunden

bist Du bei mir in meiner Angst.

Oft frage ich mich,

ob ich nicht Unrecht getan habe.

Unrecht denen, die gut zu mir waren.

Es ist nicht einfach.

Zu sehen und zu entscheiden, was richtig ist

und was falsch.

Ich bitte Dich, mir sehen zu helfen, Gott.

Entscheiden zu helfen.

Du sollst in unserer Mitte sein.

Auf Dich wollen wir alle hören,

versuchen die Welt mit Deinen Augen zu sehen.

Deine Gerechtigkeit soll Frieden schaffen.

Die Unschuldigen sollen geschützt werden,

vor denen, die finstere Absichten haben.

Lass das Böse ein Ende finden.

Lass die Liebe wachsen.

Wir wollen uns täglich fragen, was wir tun.

Ob es richtig ist und wem es dient.

Falsches wollen wir ablegen.

Du bist bei denen, die Frieden wollen.

Du schaust uns alle an

und weißt um unsere Absichten.

Stelle Dich wie ein Schild vor uns

und alle, die in Gefahr sind.

Seht, schon wieder kommen

Menschen mit Waffen.

In ihren Augen ist Hass und Angst.

Gewalt ist oft das Ende.

Aber sie ist kein Weg, der zum Frieden führt.

Sie führt in den Abgrund.

Bleibe bei uns, Gott.

Danke, dass Du da bist.

Egal wie es ausgeht.

Du bist da.

Geh

Es war wie immer. Irgendwann brach das Grün sich doch seinen Weg durch das immer trübsinniger werdende Grau des Winters. Mit aller Macht eroberte es die Bäume und Sträucher, trieb die Blumen aus den Beeten und machte aller Welt deutlich, dass die kalte Zeit vorüber war.

Berti hatte in diesem Winter ein paar düstere Tage erlebt, keine Frage. Insgesamt erschienen ihm die letzten Wochen aber absolut besonders. So nannte er es auch. Fragte ihn jemand, wie es ihm geht, antwortete er: „Besonders."

Manche stutzten und fragten nach. Andere hatten gar nicht kapiert, dass dies eine ungewöhnliche Antwort war oder schlicht nicht zugehört. Den Nachfragenden erklärte Berti dann bereitwillig, was er meinte. Dies war er seinen Träumen irgendwie schuldig, dachte er. Man konnte zwar für sich behalten, wenn einem gerade etwas Besonderes passiert, aber machte dies Sinn?

War etwas so Besonderes nicht wie zum Weitersagen gemacht?

Berti erzählte, dass er sich in den letzten Wochen sehr viele Gedanken gemacht hatte. Über sich selbst, die anderen, über Gott und den Hund. Er berichtete davon, wie manche Frage so in die Nähe einer Beantwortung gekommen war. Er schilderte, dass er intensiv träume, so als ob dies ein Ort zwischen Himmel und Erde sei, an dem es Zeit und Raum für die zentralen Lebensfragen gäbe. Einfache oder billige Antworten gab es dort nicht. Aber seine Augen, seine Ohren und sein Herz waren weit geöffnet, weiter als je zuvor. Natürlich erzählte er nicht differenziert, dass er im Traum mit einem offensichtlich von seinem Gehirn erfunden Begleiter auf den Spuren Jesu wanderte. Mann musste die Menschen ja nicht überfordern.

Viele konnten mit seinen Schilderungen trotzdem nichts anfangen. Selbst Nele hörte sich das alles zwar an, aber es schien, als könne sie nicht so recht nachvollziehen, auf welcher Reise sich Berti da gerade befand. Reinhard versuchte immer, das Ganze theologisch zu erklären und Reifferscheid gab ständig Widerworte. Nur Günter, der nahm es einfach, wie es war.

Berti ging es sehr gut. Er fühlte sich aufgeräumt und klar. Er hatte erkannt, dass der Glaube an Gott etwas war, was einem sicher auch in Büchern begegnen konnte. Die Existenz Gottes in der eigenen Wirklichkeit zu erfahren, war aber etwas ganz anderes.

„Siehste – Gott gibt's!" sagte Günter eines Tages, als Berti ihm wieder einmal zufällig auf dem Betriebshof begegnete. Berti hatte ihm von seinem Riesenköter-Erlebnis und dem darauffolgenden Traum erzählt.

Die beiden standen einen Moment da und schauten Richtung Parkplatz. Von dort näherte sich mit diesem ganz besonderen Summen ein elektrischer Rollstuhl. In ihm saß Konrad. Etwas mühsam holperte er über die Schwelle vom Tor und rollte dann auf sie zu.

Konrad hatte MS, Multiple Sklerose. Früher hatte er wie Berti und Günter seine Runden gedreht. Die drei waren eine Generation Busfahrer, welche vom alten Schlag, wie Konrad immer sagte.

Alles begann damit, dass Konrad ständig die Grippe hatte. Glieder- und Rückenschmerzen, dann plötzlich Seh- und Gleichgewichtsstörungen. Über einige Jahre war sein Zustand ziemlich stabil, obwohl er schon lange nicht mehr fahren konnte. Er arbeitete dann in der Kantine und später in der Fahrerbetreuung. Berti hatte Konrad nie über seine Krankheit schimpfen hören. Nur einmal, als er diesen elektrischen Rollstuhl neu hatte, schüttelte er langsam den Kopf und sagte: „Also Bus fahren ist echt etwas anderes …"

Berti staunte über Konrad. Er hatte sich oft gefragt, wie er selbst mit einer solchen Erkrankung umginge. Wenn das Leben schleichend immer weniger würde …

Konrad empfand dies nicht so. Fast täglich rollte er auf dem Betriebshof vorbei, hielt hier ein Schwätzchen und da. Er war ein Beispiel für viele - dafür, wie man mit einer Begrenzung und sei sie auch noch so brutal, umgehen konnte. Einmal saßen sie im Pausenraum und zwei Kollegen jammerten über ihre Rückenschmerzen. Konrads Anwesenheit war so normal, dass ihnen gar nicht aufgefallen war, dass diese Klage im Augenblick vielleicht etwas deplatziert sein könnte.

Konrad sagte lange nichts und trank an seinem Kakaopäckchen. Er schlürfte dabei ziemlich, so als dürfte kein einziger Tropfen davon verloren gehen. Dann sagte er: „Die Frage ist doch immer: Haben diese Schmerzen mir auch irgendwas zu sagen?"

„Hä?" sagte Dimitri, ein etwas jüngerer Kollege aus Kasachstan.

„Vielleicht sitzt Du falsch. Vielleicht schläfst Du zu wenig. Vielleicht solltest Du Dich mehr bewegen. Vielleicht mehr mit Deinen Kindern spielen oder mit Deiner Frau tanzen. Vielleicht trinkst Du zu viel. Vielleicht rauchst Du zur falschen Zeit. Vielleicht brauchst Du einen Hund oder solltest Posaune spielen. Vielleicht macht Dir Dein Job keinen Spaß mehr. Wenn ja, warum? Vielleicht sagt Dein Rücken ja nur: Dimitri! Tu Dir was Gutes!"

„Ah", sagte Dimitri und dann: „Muss los machen."

Die anderen sahen Konrad an, der inzwischen wieder an seinem Trinkpäckchen schlürfte. Dabei kann man nicht lächeln, aber es sah trotzdem so aus, als täte er es.

Konrad hatte mit der Krankheit seinen Frieden gemacht. Als er aufgehört hatte, dagegen anzukämpfen, hatte sich ein neues, anderes Lebensgefühl eingestellt. Konrad lebte mehr als andere mit der Begrenzung. Aber er wusste auch, dass er ohne seine Erkrankung niemals ein so weiser Mann geworden wäre. Und das war er. Konrad war ein weiser Mann.

Als Berti ihn heute fragte, wie es ihm ginge, sagte Konrad: „Ich bin geheilt. Nicht gesund, aber geheilt."

Diese Formulierung hatte er in einem kleinen Segensbüchlein gelesen, welches ihm der Krankenhauspfarrer in der Spezialklinik gegeben hatte. Dieser Gedanke gefiel Konrad so gut, dass er ihn zu seinem Lebensmotto erklärte.

Nicht gesund – aber geheilt.

Konrad rollte Richtung Kantine. Günter und Berti schauten ihm nach. „Siehste – Gott gibt's", sagte nun Berti und Günter lachte.

In dieser Nacht stieg Berti nicht in ein Boot ein, sondern aus einem Boot aus. Es musste wohl am anderen Ufer sein, aber über solche Details machte er sich während seiner Träume schon lange keine Gedanken mehr.

Sie gingen in eine kleine Stadt und sofort war Jesus wieder von Menschen umringt, die ihn sehen und erleben wollten. Es war erstaunlich, wie dieser Jesus sozusagen populär geworden war, ganz ohne Medien und Internet. Nur durch das Erzählen breitete sich aus, dass hier ein besonderer Mann unterwegs

war. So als würde hier etwas in den Menschen angesprochen, was lange geschlummert hatte. Ein Sehnen nach Nähe und Echtheit. Ein Fragen und Suchen.

Als Jesus sich gerade mit ein paar Leuten unterhielt,
schleppten ein paar Andere einen Gelähmten mits-
amt seinem Bett zu Jesus. Das war schon erstaunlich. Natürlich war es ein sehr schlichtes Lager, kein
Krankenbett, wie Berti es aus seinem anderen Leben
kannte. Drei Männer und zwei Frauen zerrten und
zogen so lange, bis sie den schweigenden Gelähmten direkt vor Jesus abgesetzt hatten. Sie scherten
sich nicht darum, was die anderen dachten oder ob
es sich gehörte, was sie taten. Sie schubsten sogar
Caspar und einige von den Gelehrten beiseite und
entschuldigten sich nur bei einem kleinen Mädchen,
dem sie aus Versehen auf den Fuß getreten waren.

Da stand nun das Bett. Der Gelähmte blinzelte etwas
verunsichert ins Sonnenlicht. Jesus sagte gar nichts.
Das machte er oft. Las man die Bibel, konnte man
den Eindruck gewinnen, dass Jesus eigentlich die
ganze Zeit redete. Das stimmte aber nicht. Jesus
schwieg viel und oft redete er nur mit Gesten oder
einer Körperhaltung. So auch jetzt.

Er schaute die zwei Frauen und drei Männer an, dann wieder den Gelähmten. Einem, der besonders außer Atem war, legte er sanft die Hand auf die linke Wange. Das war eine sehr vertraute, väterliche Geste.

Dann setzte sich Jesus zu dem verängstigten Mann, nahm seine dürre Hand und sagte:

„Es ist nicht Deine Schuld."

Stille. Niemand sagte ein Wort. Berti konnte nicht sagen, ob die anderen verstanden, was hier gerade geschah. Er verstand es nur, weil er Konrad kannte. Er sah Caspar an und der lächelte stumm und nickte.

Nicht Deine Schuld!

Mach Frieden mit Deiner Krankheit.

Der Gelähmte rappelte sich ein bisschen hoch. Jesus stand auf und sah sich um. Die Menschen begannen zu murmeln und einer sagte mehr zu sich selbst, aber so, dass es alle hören konnten: „Wie kann er das sagen?"

Jesus ging auf ihn zu und sagte: „Das fragst Du Dich zurecht. Dieser Mann hier denkt aber, es sei seine Schuld, dass er da liegt. Und das ist genauso schlimm, wie das Gelähmtsein. Denkst Du, ich sollte ihn einfach gesund machen? Ist es das, was Du sehen möchtest, weil andere Dir erzählten, ich könne so etwas?"

Der Mann schwieg. Einige nickten. Ja, das hatten sie gehört. Sie hatten gehört, dass Jesus ein Wunderheiler war. Ein Wundermann.

Jesus schüttelte den Kopf und sagte:

„Wisst Ihr, wenn man Gott um etwas bittet, dann mag dies möglich werden. Aber es ist eben nicht immer so einfach. Man kann nicht einfach alle Kranken zu mir oder sonst wem schleppen und sie springen danach wieder fröhlich umher. So ist das – glaube ich – nicht gedacht. Möglich ist es. Aber ist es das Entscheidende?"

Berti hörte Konrad sprechen! Und Berti sah in den Augen der Menschen eine Veränderung. Jesus drückte sich nicht um die Verantwortung. Er nahm die Menschen ernst. Ihr Sehnen nach Glück, nach Heilung, nach Ganzsein.

Jesus fasste den Gelähmten bei der Hand und zog ihn hoch. Niemals würde Berti die Augen des Gelähmten vergessen. Er starrte vollkommen ungläubig und konnte nicht fassen, was da geschah. Ein Wunder. Ja das war es.

In diesem Traum gab es für das Geträumte keine einfache Erklärung. Berti war traumhafter Zeuge eines Wunders.

Mühsam machte der eben noch gelähmte Mann ein paar Schritte.

„Nimm Dein Bett mit", sagte Jesus lachend und hatte ganz offensichtlich Vergnügen an den offenstehenden Mündern der Menschen um ihn herum.

„Nur das Eines mal ganz klar ist, Freunde", sagte Jesus dann mit ernster Miene. „Das hat er ganz allein getan, meinetwegen mit Gottes Hilfe. Aber ich habe ihm nur aufgeholfen. Basta."

Basta? Hatte Jesus gerade Basta gesagt? So wie Bertis Kollege Julio aus Sizilien?

Natürlich hatten die Menschen am Ende gar nicht mehr zugehört. Sie liefen auseinander und erzählten überall, dass Jesus einen Gelähmten geheilt hatte. Dass es so einfach nicht war, interessierte keinen mehr. Es war wie zweitausend Jahre später mit der

Bildzeitung. Der Aufmacher zählte, das Vorder-
gründige. Dass Jesus etwas über Schuld gesagt hatte
und über Gottes Wirken oder eben Nichtwirken, das
war völlig egal. Hauptsache ein Wunder!

Berti erwachte, weil Niklas lautstark PAPA rief. Er
freute sich richtig, dass er aufstehen konnte, obwohl
es erst zwanzig nach drei war. Was für ein Segen,
sich bewegen zu können. Was für ein Segen, dass es
ein Kind gab, das nach ihm rief.

Berti ging zu Niklas ans Bett. Das lief immer gleich
ab. Niklas streckte die Arme aus seinem Hochbett.
Berti stellte sich mit dem Rücken davor und Niklas
sprang an seine Schultern und ließ sich ins elterliche
Bett transportieren. Dort legte er sich gemütlich in
die Ritze und schlief sofort wieder ein.

„Da Du nicht gelähmt bist, könntest Du eigentlich
langsam selber laufen", flüsterte Berti.

„Ich mag's lieber so", antwortete Niklas schlaftrun-
ken.

Ich mag's auch – dachte Berti, sagte es aber aus pä-
dagogischen Gründen nicht.

Einmal wach konnte Berti fast nie sofort wieder einschlafen. Wie immer stapfte er in die Küche. Vorher ging er noch an Ninas Zimmer vorbei und machte den Fernseher aus. Sie lag quer im Bett und war wie immer vor der Glotze eingeschlafen. Nun ja. „Alles wird gut", flüsterte Berti.

Nils lag als eine Art Haufen in seinem Bett. Er hatte Arme und Beine unter seinen Körper gezogen und war praktisch komplett zugedeckt. Berti fragte sich, wie man so liegen konnte und bedauerte dann ein wenig, dass er nicht noch die schlafende Nora besuchen konnte. Aber die war ja nun nicht nur zu weit weg, sondern definitiv schon viel zu groß für solche Formen der Zuwendung.

Mein Gott ist das schön – dachte Berti.

Wie gut war es, ab und zu innezuhalten und den Reichtum dieses kleinen Lebens zu betrachten. Konnte es überhaupt etwas Schöneres geben, als friedlich schlafende Menschen?

Und konnte es ein Zufall sein, dass der achte Psalm, den Berti gähnend aufschlug, davon sprach, dass Gott die Menschen sah und an sie denkt?

Berti schrieb …

Offenbarung (Psalm 8)

Gott, unsere Hoffnung,

Dein Name gibt Zuversicht, überall.

Am Himmel sehen wir Deine Herrlichkeit.

Die Kinder singen von Dir.

Entgegen aller Angst vor dem Leid.

Entgegen der Furcht vor Gewalt und Schmerz.

Wenn wir den Himmel ansehen,

den Du gemacht hast,

den Mond und die Sterne,

dann erahnen wir, wie groß Du bist.

Aber Du denkst an uns, die kleinen Menschen.

Mit all unseren Fehlern und Schwächen.

Du wendest Dich uns zu.

Sagst gar, wir seien Dir ähnlich.

Du gibst uns alles, was wir zum Leben brauchen.

Pflanzen, Tiere, diese ganze Welt.

Alles sollen wir bewahren.

Gott, unsere Hoffnung,

Dein Name soll groß sein, überall.

Verwandtschaft

Berti hielt nicht viel von Friedhöfen. Diese meist hochglanzpolierten, weiterentwickelten Formen der Reihenhaussiedlungen waren ihm suspekt. Grab an Grab lagen da die Überreste von Menschen herum, die sich zu Lebzeiten gar nicht gekannt hatten. Pflanzten die Angehörigen links Blumen, musste man das rechts auch tun, allein schon, um den friedhöflichen Frieden zu wahren. Seltsam. Wer hatte sich das bloß ausgedacht? Er selbst wollte am liebsten einmal neben Oswald, dem Hund, im Garten begraben werden oder auf See verstreut.

„Bitte kein Reihengrab", sagte er einmal zu Nele, als sie kurz vor Allerheiligen das letzte Anwesen seiner Schwiegermutter in Schuss brachten.

„Keine Sorge, Freundchen", antwortete sie. „Du wirst irgendwo verscharrt. Oder glaubst Du etwa, ich habe Lust, noch so ein Beet zu jäten?"

Im April besuchte Berti trotzdem immer das Grab seiner Eltern. Es war etwas zugewuchert, obwohl er eigentlich eine Gärtnerei beauftragt hatte, es halbwegs in Ordnung zu halten. Ein paar Krokusse hatten sich trotzig den Weg durch das Unkraut gebahnt. Neben dem Grabstein steckte ein kleines Schildchen: *Bitte melden sie sich bei der Friedhofsverwaltung.*

Na toll. Da gab es dann wahrscheinlich einen Anschiss wegen unzureichender Grabpflege. Berti riss das Unkraut vom Grab und legte einen Blumenstrauß darauf. Sollten die sich doch bei ihm melden, wenn sie etwas wollten.

Er betrachtete wie immer lange die beiden Namen auf dem Stein. Was waren seine Eltern wohl für Leute gewesen?

Natürlich, er hatte sie ja gekannt, aber trotzdem schien es ihm so, als hätte er immer nur einen Teil von ihnen gesehen. Er hatte eine schöne Kindheit, jedenfalls schien ihm das heute so. Aber was mochten die beiden zu all diesen Fragen gedacht haben, die ihn heute beschäftigten? Hatten sie auch geträumt? Warum hatte sein Vater so unendlich viel getrunken? Wie war das für seine Mutter gewesen?

An Gespräche darüber konnte sich Berti kaum erinnern. Er hatte sich manchmal fremd gefühlt in seiner

Familie, ohne dass er dies seinen Eltern je vorgeworfen hätte. Fremd, weil er sich immer schon Gedanken zu machen schien, die andere in seinem Umfeld sich nicht machten. Fremd, weil ihm manchmal die Worte dafür gefehlt hatten.

Berti fragte sich, was seine eigenen Kinder später einmal über ihn denken würden. War er ein guter Vater? Oder war er ihnen vielleicht gar nicht so nah, wie er selbst glaubte und hoffte?

Besonders Nina schien oft in einer so ganz eigenen Welt zu leben. Oft schien sie traurig, fast verzweifelt und Berti hatte das Gefühl, ihr nicht richtig helfen zu können. Fühlte sie sich vielleicht auch manchmal fremd unter ihnen?

Der Gedanke daran tat weh. Berti hoffte, dass dies nicht so war. Er hoffte aber auch, dass Nina Menschen finden würde, bei denen sie sich lassen konnte und denen sie vertraute. Ihm war klar, dass es mehr im Leben brauchte, als sich sorgende Eltern, um so etwas wie glücklich zu werden.

Es brauchte viele Väter und Mütter, die einen so erkannten, wie man war. Die leiblichen Eltern konnten dies unmöglich allein leisten. Und doch hatte es den Anschein, als würde die Welt dies von ihnen erwarten. Ein Dilemma, eine eigentlich nicht lösbare Aufgabe, vor allem wenn Kinder sich nicht so entwickelten, wie es die Eltern sich wünschten und vorstellten.

Das Recht auf die eigene Entwicklung, so hatte Nele es einmal genannt und gleichzeitig gemerkt, wie schwer es ihr selbst fiel, das zuzulassen.

Am Grab seiner Eltern erinnerte Berti Momente seines Lebens, in denen er sich fremd gefühlt hatte. Momente der bitteren Enttäuschung, weil sein Fragen nicht gehört oder sein Wunsch nach Nähe zurückgewiesen wurde. Da gab es einige, denen er vertraut hatte und die sich dann in Luft aufgelöst hatten. Auch sein Vater. War einfach so gestorben, ohne zu fragen, ob der kleine Berti damit einverstanden war. Oder Freunde, denen er vertraut hatte und die ihn dann, als es darauf ankam, im Regen hatten stehen lassen.

Oder - ja - seine erste große Liebe, bei der sich Berti so verstanden und erkannt gefühlt hatte. Von einem Tag auf den anderen hatte sie ihn abgelegt, wie ein Hobby, das man nicht mehr braucht. Gedichte hatte er ihr geschrieben und Lieder vorgesungen. Und immer hatte sie gesagt, wie absolut wunderschön das für sie sei, dass sie Seelenverwandte seien und sie schon immer auf jemanden wir ihn gewartet hätte.

Bis zu diesem Tag im März, an dem sie ihm beiläufig mitteilte, dass sie nun Abstand bräuchte. Berti hatte sich die Finger wund geschrieben und konnte sich nicht damit abfinden, dass er auf einmal nichts mehr wert sein sollte. Er rannte gegen eine Mauer aus Schweigen an, immer und immer wieder. Sie bemerkte nur kühl, dass sie nicht mehr die Adressatin seiner Briefe sein könne, drehte sich um und verschwand in einer selbst gebastelten Wattewelt aus Laufbahn und Karriere, in der ein Träumer wie Berti keinen Platz hatte.

Seinen Kummer darüber hatte er verschwiegen, obwohl er ihn fast umgebracht hatte. Nichts hatte seine Mutter von seiner Verzweiflung gemerkt, nicht einmal den engsten Freunden hatte er davon erzählt. Fremd hatte er sich gefühlt und allein, mitten unter all diesen Menschen.

Nele hatte ihm später den Glauben an sich selbst zurückgegeben. Aber das hatte lange gedauert.

Berti starrte auf den Grabstein und fragte sich, ob eine wie auch immer gelungene Verwandtschaft

Glücksache war. Oder konnte man etwas dafür tun? Er schwor sich, zumindest immer dafür zu kämpfen, seine Offenheit für die Menschen, die er liebte, nicht zu verlieren. Und niemals, niemals, niemals wollte er jemanden so kränken, wie er schon gekränkt worden war.

„Man sieht sich", sagte er zum Grabstein und beschloss, einen Kaffee trinken zu gehen.

Als er nachhause kam, stand sein Schwiegervater Reinhard in der Tür und lächelte ihn an. „Keine Angst", sagte er. „Ich fühle mich noch ganz gut. Mein Grab musst Du hoffentlich vorerst nicht besuchen."

Es war völlig klar, von wem Nele ihren Humor hatte. Berti sah Reinhard an und ihm wurde einmal mehr klar, dass dieser alte Mann irgendwie auch sein Vater war. Einer von vielen Vätern, die er kannte. Ja, Gott sei Dank war man im Leben nicht nur auf die beiden leiblichen Eltern festgelegt.

Was für ein Segen musste es sein, sich bei ihnen immer aufgehoben und geliebt zu wissen. Aber was für ein Segen war es auch, dass diese beiden Menschen nicht allein die Verantwortung für ihre Nachkommen tragen mussten.

Berti ging ins Wohnzimmer. Niklas und Nils hockten vor der Spielkonsole und hüpften als Affen durch einen Wald auf dem Bildschirm. Sie jauchzten dabei vor Freude.

„Wie wäre es, wenn ihr es mal mit dem echten Wald versucht, Ihr Affen?" fragte Berti.

„Langweilig!" sagte Nils und starrte weiter gebannt auf den Fernseher.

Berti legte sich aufs Sofa und schloss die Augen. Er kam sich ein bisschen wie Jesus vor, als der sich ins Boot legte. Trotz Affengetöse, einer penetranten Begleitmelodie und dem Quietschen seiner Jungs glitt er sanft in die Traumwelt hinüber.

Caspar und er standen in einem relativ großen Raum mit einer ganzen Schar Menschen. Sie alle hörten Jesus zu, der diesmal viel redete. Er diskutierte mit ihnen, denn sie forderten immer wieder, dass er Wunder tun oder sonst irgendetwas machen sollte, das ihn als besonderen Heilsbringer erkenntlich machte. Jesus ärgerte das ganz offensichtlich. Nie hatte er behauptet, Gottes Sohn oder irgendein Heilsbringer zu sein. Beharrlich versuchte er, den Menschen eine neue Sicht anzubieten, ihnen ein neues Leben zu ermöglichen, welches sich nicht starr und verbissen an Gesetze hängt, sondern die Liebe über alles stellt. Jesus sprach von der Jonageschichte und darüber, wie es Menschen ergehen konnte, die immer mehr forderten und dabei nicht sahen, was wirklich geschah. Es war eine ernsthafte und fast bedrückende Stimmung im Raum.

Caspar flüsterte Berti zu: „Vielleicht wollen sie ihn nicht verstehen. Vielleicht können sie ihn nicht verstehen. Ich weiß es nicht. Auf jeden Fall ärgert sie seine Gelassenheit. Könnten sie die Farbe wechseln, würden diese Gelehrten grün vor Zorn, da bin ich sicher."

„Grün vor Zorn?"

„Grün vor Zorn."

Berti schaute seinen Begleiter an und fragte sich, warum sein Gehirn ihn erfunden hatte. Er war immer da, schien ihn zu verstehen, selbst wenn Berti sich selbst nicht verstand. Er lächelte mal, berührte ihn sanft am Arm und stand oft einfach als stiller Zeuge neben ihm. Als Garant dafür, dass Berti nicht allein war, sondern es Menschen gab, die sein Fragen und Suchen teilten. Früher hatte Caspar mehr geredet. Heute war das nicht mehr nötig. Berti hatte längst aufgehört damit zu hadern, dass hier etwas geschah, was sich rational nun einmal nicht erklären ließ.

„Ich mag Dich, Caspar", sagte er plötzlich, ohne darüber nachzudenken.

„Ich weiß" antwortete dieser und drehte sich dann um in Richtung Tür, weil von dort eine gewisse Unruhe ausging.

Eine Frau bahnte sich den Weg durch die kleine Menge und blieb vor Jesus stehen.

„Deine Mutter und Deine Brüder sind draußen und wollen mit dir reden", sagte sie.

Jesus hatte Brüder. Das war Berti nicht neu. Schließlich hatte er die Familie ja damals vor den Toren von Jerusalem gesehen. Und Einzelkinder gab es dreißig nach Christus ja eh noch nicht. Jesus hatte leibhaftige Brüder. Und eine Mutter, klar. Das ganze kam Berti komisch vor. Dieser Wanderprediger mit den ungewöhnlichen Ansichten sollte eine ganz normale Familie haben?

Berti erwartete, dass Jesus nun einmal schnell nach draußen gehen würde, um ein Schwätzchen mit der

Verwandtschaft zu halten. Das tat er aber nicht. Stattdessen fuhr er mit seiner Ansprache fort, schaute seine Zuhörerinnen und Zuhörer an und fragte: „Wer ist meine Mutter und wer sind meine Brüder?"

Nichts Hochmütiges lag in diesen Worten. Im Gegenteil. Er blickte umher, als wollte er fragen, wer sich zu ihm stellen wollte. Wer in diesem Raum wollte ihm nahe sein und ihm vertrauen? Wer wollte seine Liebe annehmen und gleichzeitig bereit sein, ihn zu lieben?

Er grenzte sich in diesem Moment nicht von seiner leiblichen Familie ab. Nein, er tat viel mehr. Er erweiterte den Kreis der Liebe.

Jesus sagte: „Wer nach Gott fragt und es ernst mit mir meint, der ist mein Bruder, meine Schwester oder meine Mutter."

Die Menschen staunten. Konnte das gehen? Konnte man, ohne die Verwandten zu brüskieren, ein viel größeres Zuhause schaffen, welches auf dem Boden der Zugehörigkeit erbaut wurde?

Jesus konnte.

Seine Mutter und seine Brüder kamen herein. Sie wirkten nicht vorwurfsvoll. Sie setzten sich zu den anderen und hörten zu. Es würde wohl der Moment kommen, in dem sich Jesus Zeit auch für sie ganz persönlich nähme. Maria und ihre Söhne strahlten eine große Ruhe aus. Und so konnten die Menschen auch verstehen, was Jesus gemeint hatte. Es ging nicht um Abgrenzung oder Abkehr, sondern um Weite und Liebe. Und weil Jesu leibliche Verwandte nicht die beleidigten Leberwürste spielten, fielen diese Worte auf fruchtbaren Boden.

„Was hätte Deine Mutter dazu gesagt?" flüsterte Berti Caspar zu.

„Sie hätte mich am Ohr hier raus gezogen", antwortete Caspar.

„Oha."

„Aber sie hätte es aus Liebe getan und sich anschließend entschuldigt."

„Oh."

Berti jubelte innerlich über diesen Traum. In diesem Moment rollte einer der Gelehrten die Thora aus, die Heilige Schrift der Juden. Er hielt sie gemeinsam mit einem anderen vor Jesus und dieser las zum Abschluss …

Danke (Psalm 9)

Ich danke Dir, Gott, und will davon erzählen,

was geschah durch Deine Liebe.

Ich freue mich, ich bin fröhlich,

ich könnte singen, vor lauter Glück.

Was mich bedrängte ist fort.

Verschwunden sind meine Sorgen.

Du warst bei mir, als ich mich fürchtete.

Und Du bist jetzt bei mir,

wo die Furcht gewichen ist.

Fast vergessen scheint, was mich bedrohte.

Ich denke kaum noch daran.

Du aber bist und bleibst,

für mich, für alle.

Du wendest Dich denen zu, die Leid tragen.

Du beschützt uns alle, in Zeiten der Not.

Du bist unsere Hoffnung, bei Tag und Nacht.

Nein, das Leid verschwindet nicht immer,

nur weil man an Dich glaubt.

Aber Du bist da, in allem Leiden.

Das ist unser Trost.

Ich will von Dir singen und erzählen,

weil Du uns nicht allein lässt.

Gott sei mir weiter gnädig.

Damit ich keine Angst haben muss,

auch vor dunklen Tagen.

Du hilfst ja wirklich und echt.

Wer nicht an Dich glaubt mag es schwerer haben.

Wer nicht an Dich glaubt, bleibt am Ende allein.

Wer nicht an Dich glaubt, hat nur sich selbst.

Das ist zu wenig, um glücklich zu sein.

Zu wenig, um Frieden zu finden.

Frieden gibt es bei Dir.

Du bist unsere Hoffnung.

Lass alle zu Dir finden,

damit keiner verloren geht.

„Unglaublich!" flüsterte Berti. „So steht das da?"

„Wahrscheinlich nicht", antworte Caspar. „Jesus liebt es, die Psalmen in seinen Worten zu beten."

„Was? Jesus macht Psalmübertragungen?"

„Wenn Du so willst … Ja."

„Ich fasse es nicht."

„Jaja, ganz schön etwas los in Deinem Köpfchen, Berti."

Zutrauen

Pfingstmontag hatte Berti einen ganz gemütlichen Mitteldienst. Um kurz vor zehn rollte er mit seinem Bus vom Hof. Heute würde sicher nichts Besonderes passieren. Keine Schüler würden sich gegenseitig aus dem Weg schubsen, um in den Bus zu kommen. Keine Senioren würden im vollen Bus einander den Platz hinter dem Fahrer streitig machen, weil sie der Meinung waren, dass ihre eigene Gehbehinderung dramatischer sei als die des anderen. Keine Berufstätigen würden bei der kleinsten Verspätung permanent vorwurfsvoll auf die Uhr blicken, weil sie zu Recht Angst hatten, ihren Anschluss zu verpassen. Keine Rushhour würde den Verkehr lahmlegen und keine nicht erscheinende Ablösung den Feierabend gefährden.

Lauter entspannte Fahrgäste waren zu erwarten. Ein gut gelaunter Berti freute sich darauf, sie zu befördern. Er hatte Dienst auf einer so genannten Tangentiallinie, das war eine Linie, die nicht über den Hauptbahnhof führte.

An irgendeiner Haltestelle in einem der Vororte stieg ein kleines Kerlchen mit einer großen Sporttasche ein. Mühsam wuchtete er sie auf den Sitz hinter dem Fahrer und quetschte sich daneben.

„Haste 'n Spiel?" fragte Berti. Der Junge nickte und wirkte bedrückt.

„Keine Lust?" Er schüttelte traurig den Kopf.

„Warum denn? Läuft's nicht so?" Wieder schüttelte der Junge den Kopf. Dann drückte er auch schon auf den Halteknopf und schlich aus dem Bus.

„Ich wünsch Dir Glück!" rief Berti ihm nach.

Der kleine Sportler schlurfte zum Parkplatz vor einer Turnhalle, wo schon zahlreiche Autos mit fröhlichen Eltern und anderen Kindern standen.

Merkwürdiges Kerlchen – dachte Berti. Der Junge hatte keinen Ton gesagt. Seine ganze Erscheinung war aber so herzzerreißend, dass Berti gar nicht aufhören konnte, an ihn zu denken.

Was war bloß los mit ihm? War er zu schlecht für sein Team? Hatte er einfach Pech gehabt? Oder fehlte es ihm an der richtigen Förderung? War etwa niemand da, der ihn ermunterte und ihm sagte, dass

er seine Sache trotz allem manchmal vorkommen-
den Ungeschick gut machte?

Wo waren eigentlich seine Eltern? Die von den anderen Kindern waren doch auch da. Warum ging
heute niemand mit ihm zusammen zu diesem Spiel?

Manchmal konnte Berti den ganzen Tag an nichts
anderes denken, als an die einzelnen Wesen, die ihm
beim Busfahren so begegneten. Vereinsamte Alte,
trostlos wirkende Jugendliche, verrückte Freaks,
überforderte Mütter oder Väter. Sie alle wirkten bei
ihm im Bus so ungeschminkt. Als würde sie, hatten
sie sich erst einmal auf den Sitz fallen lassen, niemand mehr sehen oder beachten. Natürlich ahnten
sie nicht, dass sich der Fahrer über sie Gedanken
machte. Man konnte den Menschen ihre Stimmun-
gen ansehen, zum Beispiel an der Art wie sie einstie-
gen oder ob sie grüßten oder nicht.

Manchmal verabschiedeten sich die Fahrgäste und
sagten zum Beispiel „Dankeschön" oder „Gute
Fahrt". Darüber freute sich Berti dann. Und natürlich gab er den Gruß immer zurück. Es kostete
nichts, freundlich zu den Menschen zu sein. Im Gegenteil. Fast immer bekam man mehr zurück, als
man geben musste.

Berti dachte an seine eigenen sportlichen Erfolge. Das ging schnell, denn es waren nicht viele. Er hatte immer gerne Sport gemacht. Ihn hatte aber auch immer gestört, dass es fast überall Verlierer geben musste, auch wenn dies den Reiz vieler Sportarten ausmachte.

Er dachte daran, wie er als Fußballer einmal in einem Halbfinalspiel einen Elfmeter schießen sollte und alle ihm dies zutrauten, nur er selbst nicht. Er hatte das Ding dann auch sehr beherzt voll über das Tor gejagt. Alle waren sehr enttäuscht, aber niemand hatte ihn angeklagt. Er hatte die Verantwortung übernommen und die Sache vermasselt. Fertig.

Berti hatte von seinen Kameraden damals viel über Vertrauen gelernt. Sie hatten ihm die Sache zugetraut und hielten an ihm fest, obwohl sich ihr Vertrauen eigentlich als unbegründet erwiesen hatte. Natürlich war das damals nur eine Kleinigkeit gewesen, aber was im Kleinen trägt, funktionierte manchmal ja auch im Großen.

Ganz offensichtlich fehlten dem Jungen mit der Sporttasche solche Erfahrungen. Wie schade.

Würde es dem Jungen helfen, wenn er sich mehr zutrauen würde? Oder betrieb er schlicht die falsche Sportart? Könnte er sich zum Beispiel vielleicht beim Tischtennis ganz anders entfalten und Bestätigung finden?

Oft war es doch so. Das Potenzial der Menschen war da, konnte aber an dem Ort, an dem sie sich befanden, nicht abgerufen werden.

Warum war eigentlich niemand da, der diesem kleinen Kerl die Tasche trug und mit ihm überlegte, was ihn glücklich machen könnte?

Traute diesem Bürschchen denn wirklich niemand etwas zu? Berti staunte, wie sehr er sich hier gerade wieder in etwas hineinsteigerte. Erst gestern war er so in Gedanken gewesen, dass er eine ganze Gruppe von Fahrgästen beinahe an einer Haltestelle hätte stehen lassen.

Berti lenkte seinen Bus in den Wendehammer der Endhaltestelle. Er hatte nun gut zwanzig Minuten Pause, wie wunderbar. Berti drehte den Fahrersitz nach rechts, kippte die Rückenlehne nach hinten, legte die Beine auf den Zahltisch und schloss die Augen. Er liebte diese kurzen Nickerchen.

Es war dunkel. Caspar und Berti hockten an der Bootswand und fuhren einmal mehr über diesen inzwischen so vertrauten See.

Anders war diesmal, dass Jesus nicht bei ihnen war. Das kam öfter vor. Wenn ihn die Menschen zu sehr forderten oder gar bedrängten, suchte er die Stille, das Alleinsein. „Ich gehe auf den Berg, um zu beten", hatte er gesagt. „Fahrt ihr schon mal über den See."

Niemand hatte das hinterfragt. Es würde seinen Grund und seinen Sinn haben, was der Meister sagte. Meister – so nannten ihn seine Gefährten oft. Nicht anbetend, aber voller Respekt.

Jesus lebte ihnen ein ausgewogenes Maß an Nähe und Distanz, an Gespräch und Schweigen, an Heiterkeit und Ernst, an Mitgefühl und Ermahnung vor. Man konnte von ihm nicht nur lernen, was es heißt zuzupacken und zu handeln, sondern auch, was es heißt, auf sich selbst zu achten.

Darin war Berti nie besonders gut gewesen. Oft hatte er Schwierigkeiten, sich abzugrenzen und auch einmal Nein zu sagen. Jesus konnte Nein sagen. Und es hatte immer einen guten Grund.

Sie fuhren über den See und wieder kam ein starker Wind auf, der dem Boot heftig zusetzte. Diesmal gerieten die Jüngerinnen und Jünger aber nicht in Panik. Ruhig und gekonnt trotzten sie den Wellen, legten Hand an zur rechten Zeit und manövrierten das Boot so sicher über den See.

In der Nacht hatte sich der Wind gelegt. Sie saßen beieinander, unterhielten sich, lachten und fanden in dieser ruhigen Nacht keinen Schlaf. Es war ein besonderer Moment. Diese vertraute Gemeinschaft aus einfachen Leuten, die allesamt etwas aufgegeben hatten, um hier zu sein. Sie alle wussten nicht genau, was sie sich von dieser Reise versprachen und doch hielten sie zusammen, als gäbe es ein Ziel. Berti schaute schweigend über den nun spiegelglatten See. Die Sterne funkelten und er flüsterte: „Sieh nur Caspar. Wie wunderschön es ist. So viel Frieden über einer so schweren Zeit."

„Ist es eine schwere Zeit?" fragte Caspar.

„Ich dachte es."

„Ja, mein Freund. Aber es gibt auch Hoffnung."

„Aber wir wissen doch, was geschehen wird."

„Wissen wir das?"

„Ich dachte es."

„Nun sieh Dir das an. Kein schlechter Auftritt, oder?"

Berti traute seinen Augen nicht. Ziemlich weit vom Boot entfernt war eine Gestalt zu sehen. Es schien, als stünde sie auf dem Wasser. Auch die Jünger hatten sie bemerkt. Sie wurden plötzlich sehr unruhig, riefen durcheinander und fürchteten sich sehr.

„Kaum zu fassen. Den Sturm hatten sie im Griff, aber bei einer Figur auf dem Wasser machen sie sich fast in die Hose." Caspar schüttelte den Kopf.

„Ist aber schon unheimlich", raunte Berti.

Da sprach die Gestalt auf dem Wasser mit lauter Stimme: „Holla, Ihr Hasenfüße! Nun beruhigt Euch wieder, ich bin´s doch nur."

Es war Jesus. Konnte es sein, dass er da wirklich über das Wasser ging? Ja, natürlich, es war ein Traum. Aber bisher war Jesus in Bertis Träumen doch immer ohne Zauberkunststücke ausgekommen. Und nun latschte er gemütlich über den See. Berti zuckte mit den Schultern. Wozu sollte das nun gut sein?

Simon, den Jesus immer Petrus nannte, hatte seine Fassung als erster wieder gefunden. „Jesus?" rief er. „Bist Du das wirklich? Das ist ein Ding! Wie machst

Du das, Meister? Ich will das auch machen. Hei, Jesus, wenn Du das bist, dann hilf mir, das auch zu können!"

Die anderen Jünger zogen Simon am Arm.

„Lass den Quatsch", riefen die Frauen. „Sei kein Tölpel, das kann gefährlich sein."

„Wieso?" rief Jesus. „Ich finde, er sollte es versuchen. Komm, Petrus, komm rüber, es ist ganz einfach. Du musst nur fest daran glauben, dass Du es kannst!"

Simon war ein mutiger und sehr humorvoller Mann. Er war groß, hatte riesige Füße und Hände. Er ließ sich nicht lange bitten, kletterte umständlich über die Reling und hing dann mit den Füßen im Wasser. Mit den Armen hielt er sich noch fest.

„Wie soll das gehen, Meister?" rief er und einige Jünger begannen zu kichern. Das Boot trieb still vor sich hin.

„Na, Du musst an Dich glauben, Freund! Los, komm rüber."

Simon ließ das Boot los und für einen Moment sah es tatsächlich so aus, als stünde er auf dem See und wollte auf Jesus zu gehen. Sie waren inzwischen ein ganzes Stück auf Jesus zugetrieben. Simon ruderte mit den Armen, dann machte es platsch und er stand bis zum Hals im Wasser. Der See war an dieser Stelle offensichtlich ziemlich flach.

Jesus lachte aus vollem Halse, die Jünger auch. Die Frauen schüttelten die Köpfe und Berti erinnerte sich plötzlich an die biblische Geschichte vom sinkenden Petrus, die er sich wesentlich dramatischer vorgestellt hatte. Die Jünger warfen Simon ein Seil zu. Er schaute recht unglücklich aus. Ganz offensichtlich war ihm die Sache ziemlich peinlich. Das Boot trieb weiter und Simon bekam immer mehr Boden unter die Füße.

Da setzte sich Jesus in Bewegung und watete durch das Wasser auf sie zu. Nun sah es nicht mehr so aus, als könnte er über das Wasser laufen. Er ruderte mit den Armen, wie jeder andere auch. Das Wasser ging ihm schnell bis zur Hüfte. Am Boot angekommen packte er Simon freundlich am Arm.

„Lieber Petrus. Da hast Du wohl zu viel an Dir gezweifelt." Wieder musste Jesus lachen.

Dann half der eher schmächtige Jesus mit märchenhafter Leichtigkeit dem versunkenen Simon ins Boot. Dies sah nun schon eher nach einem Wunder aus. Wie hatte er es geschafft, diesen wohl doppelt so schweren Mann so mühelos ins Boot zu bekommen?

Beide saßen nun tropfnass auf dem Boden. Jesus hielt den traurig dreinblickenden Simon noch ein Weilchen fest.

„Petrus", sagte er. „Auf Dich kann ich mich verlassen. Und ich gebe zu, ich war gemein. Ich stand doch da vorne auf einer Sandbank. Das konntet Ihr im Dunkeln nicht sehen. War doch nur ein Spaß!"

Ein Spaß? Berti traute seinen Ohren nicht. Ebenso, wie er zuvor seinen Augen nicht getraut hatte.

Jesus machte Späße, die den Kindern Jahrtausende später als Wundergeschichten erzählt wurden?

Da waren sie also wieder auf dem Bildzeitungsniveau angelangt. Schon morgen würde man sich trotzdem erzählen, dass Jesus über das Wasser laufen konnte. Als würde irgendeines seiner Worte oder irgendeine seiner Taten dadurch eine größere Bedeutung bekommen.

Oh, natürlich. Dieser Mann sagte „Liebet Eure Feinde". Und weil er über das Wasser laufen kann, wollen wir das jetzt auch tun.

Was für ein Unsinn. Völlig klar, dass es manchen Menschen schwer fiel, diese Wundersachen ernst zu nehmen. Berti wurde schlagartig bewusst, dass dieser Jesus Wunder nun einmal überhaupt nicht nötig hatte. Die Menschen verlangten danach. Und er machte sich heute eben einen Spaß daraus.

Die Jüngerinnen und Jünger redeten wild durcheinander. Jesus legte die Finger auf die Lippen, dann sagte er sehr ruhig und ernsthaft:

„Petrus, es tut mir leid. Ich wollte mich nicht über Dich lustig machen. Aus diesem kleinen Spaß ist aber etwas Wunderschönes entstanden. Seht nur, was dieser Mann mir zutraut. Und was er sich selbst zutraut. Selbst Unmögliches wollte er versuchen, nur weil ich es ihm gesagt habe. Ich danke Dir für dieses Vertrauen, lieber Petrus. Wir alle können viel von Dir lernen. Manches muss man auch trotz geringster Aussicht auf Erfolg versuchen, verstehst Du? Das hast Du uns gezeigt. Vielleicht nur, um dann zu merken, dass es wirklich nicht geht. Kein Mensch kann über das Wasser laufen. Du aber hast es versucht, und zwar nur, weil Du mir vertraut hast. Das ist großartig!"

Simon schaute nun schon wieder etwas zufriedener aus. Die Jüngerinnen und Jünger nickten. Sie alle hatten verstanden, dass Zutrauen nicht unbedingt etwas mit Erfolg zu tun haben musste.

Es ging darum, es zu versuchen.

Was für eine großartige Botschaft.

Und ganz und gar keine Einladung, nun andauernd törichte Dinge auszuprobieren. Vielmehr aber die Ermutigung, herauszufinden, was man kann und was man eben nicht kann.

Ein fantastischer Traum!

Der Handywecker erinnerte Berti daran, dass es Zeit war, wieder abzufahren. Fröhlich drehte er seine Runden und war sicher, dass er gerade etwas tat, was er richtig gut konnte. Kurz vor Ende seines Dienstes kam er wieder an der Turnhalle vorbei. Auf dem Parkplatz standen wieder Eltern. Sie umringten ihre Kinder und sahen allesamt sehr zufrieden aus. Berti blieb an der Haltestelle stehen, obwohl dort gar keine Fahrgäste warteten. Insgeheim hoffte er, dass der Junge nun wieder mit ihm nachhause fahren würde.

Berti schaute zum Parkplatz rüber und da stand er. Umringt von seinen Kameraden. Einer klopfte ihm auf die Schulter, ein anderer hielt ihm eine Trinkflasche hin. Er wirkte größer als vorhin. Als Berti ihm gerade einen guten Gedanken schicken wollte, drehte sich der Junge um und sah ihn an. Er winkte ihm zu. Das eben noch zusammengesunkene Kerlchen hatte ihn erkannt und offenbar an diesem Tag eine wichtige und aufbauende Erfahrung gemacht.

Berti fühlte sich großartig.

Siehste, Gott gibt's - dachte er, winkte zurück und fuhr seine letzte Runde.

Zuhause plapperte er fröhlich vor sich hin und freute sich auf Nils' sonntägliches Volleyballspiel. Er würde es mit anderen Augen sehen, da war er sicher. Nele sagte, er sei so verändert heute, so fröhlich.

„Warum geht es Dir so gut, Berti?"

„Ich schlafe gut", antwortete er. „Und ich halte meine Augen offen. Und ich weiß, wohin ich gehöre."

Nele umarmte ihn. Manchmal konnte sie seinen verzwickten Gedankengängen nicht folgen, aber das machte nichts.

Als die anderen vor dem Fernseher saßen, schnappte sich Berti die alte Bibel und setzte sich in den wilden, herrlich unperfekten Garten des alten Hauses. Reinhard setzte sich zu ihm und sie sagten eine Weile gar nichts. Dann schlug Berti die Bibel auf. Reinhard hatte sein Notizbuch mitgebracht und sagte: „Ich höre, Söhnchen?"

„Ich weiß nicht", sagte Berti. „Der nächste Psalm ist irgendwie schwierig. Ich glaube, ich kann ihn nicht übertragen. Er scheint auch gar nicht zu dem zu passen, was ich heute erlebt habe."

„Hör mal, Berti", antwortete Reinhard. „Das wäre ja noch schöner, wenn wir uns immer das raussuchten, was gerade zu passen scheint. Nichts da. Immer schön der Reihenfolge nach. Du kannst unser Leben in JEDEM Psalm finden. Warte nur ab."

Und dann schrieb er auf, was Berti ihm diktierte.

Zuversicht (Psalm 10)

Gott, hast Du dich von mir entfernt?

Es geht mir schlecht

und ich kann Dich nicht finden.

Ich fühle mich von anderen bedrängt.

Sie haben mich in der Hand

und machen mit mir was sie wollen.

Sie sind laut und geben an.

Sie lachen über mich, wenn ich von Dir spreche.

Sie lachen sogar Dich aus, Gott.

Und sie sind sich so sicher, dass es Dich nicht gibt.

Die Welt ist am Abgrund,

weil Menschen sich selbst für Gott halten.

Einander nachstellen.

Einander bedrängen.

Einander betrügen und den Armen alles nehmen.

„Gott? Lächerlich, den gibt's nicht!"

So sprechen sie, Gott.

So handeln sie.

Das macht mir Angst.

Zeig Dich doch, Gott.

Weise die Gewalttäter in ihre Schranken.

Vergiss die sanften Menschen nicht.

Lass die Armen nicht allein.

Du siehst uns doch.

Warum lässt Du zu,

dass einige die Welt ins Dunkel stürzen?

Du siehst doch all das Leid.

Du bist doch unsere Hoffnung.

Lass Dein Reich kommen.

Deinen Willen geschehen.

Erlöse uns von dem Bösen.

Ja, Du hörst unser Gebet.

Nun kann mein Herz ruhig werden.

Ich bin sicher.

Du bist da.

Was passt schon durch ein Nadelöhr

Der Sommer war brüllend heiß. So heiß, dass Berti sogar in kurzen Hosen arbeitete, was er eigentlich wegen seiner ziemlich dünnen Beine verabscheute.

Nach fünf Minuten Dienst war der Fahrersitz schweißnass. Es machte weder Spaß, einen solchen Sitz an einen Kollegen zu übergeben, noch einen solchen zu übernehmen. Alle waren träge. Die Kinder schleppten sich ins Schwimmbad und jammerten den ganzen Tag über die angeblich unerträglichen Temperaturen.

Es war nervig, aber doch um Himmels Willen nicht unerträglich. Berti erklärte, dass unerträgliche Hitze in manchen Regionen Afrikas herrschte und dort die Menschen noch nicht einmal genug Trinkwasser hatten, geschweige denn darin baden konnten. Seine Jungs zuckten mit den Schultern, als ginge sie das nichts an.

Ob er mit zwölf auch so ein Weichei war? Das Genörgel seiner Mitmenschen ging Berti gehörig auf die Nerven. Ja, wieder einmal wusste die deutsche Bevölkerung nicht, wie gut sie es hatte.

Reiche Leute waren sie. Luxusprobleme waren das.

An einem heißen Tag Anfang August betrat Berti den Pausenraum am Hauptbahnhof. Auf dem Tisch lag eine ziemlich bunte Tageszeitung und die Kollegen gestikulierten wild herum.

„Da seht ihr´s wieder. Die machen sich die Taschen voll und uns bezahlen sie nicht mal die Pausenzeiten durch!" sagte einer.

„Alles Verbrecher!" sagte ein anderer und schlug mit der Hand auf einen relativ kleinen Artikel auf Seite drei.

Berti las ihn sich durch. Ach so. Es war nur der jährliche Bericht über die Gehälter der Stadtwerke-Geschäftsführer. Berti zog die Augenbrauen hoch.

Nicht übel – dachte er. Der nette Geschäftsführer, der ihn noch letztes Jahr beim Fahrdienstleiter in Schutz genommen hatte, ging mit immerhin gut zweihunderttausend Euro brutto plus Spesen nach Hause. Im Verhältnis zu seinem eigenen Bruttostundenlohn von etwa elf Euro ohne Zuschläge war das natürlich ein Batzen.

„Für watt krieje die datt eijentlisch ..." maulte Kollege Reifferscheid los. „Für jet popele un eijns ruche?"

„Für Popeln und Rauchen", übersetzte Berti den Slang für die beiden Kollegen aus Ghana und Kirgisien. Sie lachten.

„Also ich möchte den Job nicht machen", sagte Berti. „Noch nicht einmal für so viel Kohle."

„Könntest Du auch gar nicht", sagte ein anderer Kollege. „Dazu hast Du gar nicht die richtigen Ellenbogen."

Berti konnte die Unruhe unter den Kollegen eigentlich ganz gut verstehen. Die Arbeitsbedingungen für die Fahrer wurden nicht besser, die Ansprüche immer höher. Und das Gehalt stagnierte. Da war es nachvollziehbar, dass so fürstliche Gehälter in der Chefetage Ärger hervorriefen. Und wofür die Herren solche Gehälter bezogen, war den Fahrern ja tatsächlich nicht klar. Sie bekamen von deren Arbeit in der Regel nichts mit. Ja, Heiligabend verteilten die Geschäftsführer immer Weihnachtsgeschenke an die diensthabenden Kollegen am Hauptbahnhof. Das wurde aber offen gesagt eher belächelt.

Von den wirklichen Aufgaben und der Verantwortung der Konzernchefs wussten sie alle rein gar nichts. Dies war der Grund, warum Berti sich mit der Kritik zurückhielt, was nicht hieß, dass er sie nicht teilte.

Insgesamt stellte er Systeme in Frage, in denen wenige sehr viel und gleichzeitig viele sehr wenig bekamen. Da konnte Bertis Meinung nach irgendetwas nicht stimmen, auch wenn er dies in diesem speziellen Fall nicht beurteilen konnte.

An einer ziemlich belebten Haltestelle nahe der Innenstadt stieg eine Gruppe rüstiger Rentnerinnen ein. Direkt hinter ihnen war ein junger Nordafrikaner. Er lächelte Richtung Fahrerkabine und eher zufällig fiel Bertis Blick auf den Rucksack der Frau vor ihm. Und in diesem Rucksack steckte ganz eindeutig die Hand des jungen Nordafrikaners.

„Was haben wir denn hier?" sagte Berti laut. Blitzschnell zog der junge Mann seine Hand aus dem Rucksack, drehte sich um und rannte aus dem Bus. Berti versuchte noch ihn aufzuhalten, aber er war zu langsam. Er wandte sich an die Frau mit Rucksack. Die hatte von dem Vorfall gar nichts bemerkt und untersuchte nun besorgt den Inhalt. Es fehlte nichts. Reine Glückssache.

Auch eine Form von Gier – dachte Berti. Sich mal eben grinsend zu holen, was einem nicht gehört.

Kackfrech, Markenklamotten tragend und immer lächelnd. Berti kannte diese Typen. Es gab sie in jeder Nationalität und Hautfarbe. Es gab sie vom Straßenjungen angefangen bis in die obersten Chefetagen. Menschen, die den Hals nicht voll kriegen konnten.

Berti war wütend. Er konnte Geld und alles, was damit zu tun hatte nicht ausstehen. Es machte die Menschen abhängig und kleinlich, gierig und manchmal sogar bösartig. Man musste keine zweihunderttausend Euro verdienen, um reich zu sein im Verhältnis zu anderen. Er kannte wohlhabende Menschen, die sehr knauserig und einfache Rentner, die sehr großzügig waren. Und umgekehrt gab es das natürlich auch. Reichtum war in Bertis Augen schlicht und einfach der Zustand, in dem man alles hatte, was man brauchte. Und dass dieser Zustand höchst unterschiedlich sein konnte, war selbst ihm sonnenklar. Überfluss hingegen war etwas ganz anderes …

In einer dieser warmen Sommernächte hatte sich Berti mit seinen Jungs in den Garten gelegt. Sie hatten Feuer gemacht und sich dann ins Zelt verkrochen. Dieses Zelt hatten sie übrigens noch nie außerhalb des Gartens eingesetzt. Nele und auch Berti hielten nicht viel von Camping. Es war ihnen schlicht zu unkomfortabel. Hier im eigenen Garten, mit der eigenen Toilette in Reichweite und der Möglichkeit jederzeit ins gemütliche Bett umziehen zu können, fand Berti Zelten toll.

„Ich bin der reichste Mann der Welt", flüsterte er zufrieden kurz vor dem Einschlafen.

Jesus saß umringt von einer lärmenden Schar Kinder unter einem Baum. Ein Kleines saß auf seinem Schoß, andere hockten neben ihm und ließen sich Geschichten erzählen. Jesus war ein großer Geschichtenerzähler. Er kannte unzählige, meist waren sie heiter und oft kamen Tiere in ihnen vor. In seinen Träumen hörte Berti Jesus oft tiefe Wahrheiten in einfache Geschichten verpacken. So konnte sie jeder verstehen.

Ob er vom Schatz im Acker oder vom verlorenen Schaf erzählte. Ob er vom barmherzigen Samariter oder vom Vater mit den ungleichen Söhnen sprach. Immer war den Menschen nach der Erzählung klar, worum es Jesus ging. Er wollte vom menschenfreundlichen, vom barmherzigen und bedingungslos liebenden Gott erzählen. Die Kinder liebten seine Geschichten und Jesus liebte die Kinder. Bei ihnen wusste er, woran er war. Sie konnten all ihre Gefühle noch kindlich unverfälscht zeigen. Und sie vertrauten sich ihm an, mit allem was sie bewegte.

Kinder galten zur Zeit Jesu nicht viel. Aber daran, wie Jesus mit ihnen umging, merkten auch die Erwachsenen etwas. Bis heute hatten allerdings immer noch nicht alle kapiert, worum es Jesus wirklich ging. Dass nämlich jeder Mensch vom ersten Lebenstag an mit absolut vollwertigem Respekt behandelt werden sollte.

Zu Jesus und den Kindern gesellte sich ein junger Mann. Er war gut angezogen, hatte eine großartige Ausstrahlung und war sehr höflich. Jesus und er unterhielten sich eine Weile über das Leben des jungen Mannes. Er schien glücklich, hatte ein fast perfektes Leben. Er hatte genug Geld, viele Freunde, war überall geachtet und hatte sich nie etwas zu Schulden kommen lassen. Auf einmal fragte er Jesus: „Dennoch fehlt mir irgendetwas. Was kann ich tun, um ganz erfüllt zu sein? Was kann ich tun, um das Ewige Leben zu bekommen?"

Jesus zögerte. Er sah ihn lange an und fragte dann: „Was denkst Du? Hast Du Dich nicht an alle Regeln gehalten, bist fromm und freundlich zu jedermann, sogar zu Dir selbst?"

„Ja. Das habe ich."

„Dann hätte ich noch eine Idee. Verkaufe alles was Du hast, gib es den Armen und komm mit mir."

Der junge Mann schaute auf den Boden und zuckte dann mit den Schultern.

„Alles verkaufen?" fragte er.

„Alles verkaufen und den Armen geben", sagte Jesus.

Der Mann schüttelte den Kopf und ging davon. Jesus sah ihm nach und sagte dann zu den Menschen um ihn herum:

„Seht ihr wie schwer es ist, loszulassen? Je mehr man hat, desto mehr verstellt es einem den Blick auf das Leben. Man ist nur noch damit beschäftigt, alles am Laufen zu halten. Aber das macht nicht glücklich. Seht ihn Euch an. Er hat alles im Überfluss, aber sein Herz ist leer. Es ist leichter, dass ein Kamel durch ein Nadelöhr passt, als dass ein Mensch, der im Überfluss lebt, zu Gott findet und damit auch das Ewige Leben möglich wird."

Caspar stupste Berti an: „Ein Kamel passt doch niemals durch ein Nadelöhr. Warum sagt er nicht gleich, dass es einfach überhaupt nicht geht?"

„Vielleicht wieder einer seiner Späße?" fragte Berti. Caspar lachte. Jesus sah ihn an und sagte dann: „So lustig ist das nicht. Oder bist Du bereit, alles loszulassen und für immer mit mir zu gehen?"

Caspar schaute zu Boden. Jesus hatte ihn direkt angesprochen. Das war neu. Berti überlegte. War er bereit, alles loszulassen und für immer mit Jesus zu gehen?

Nein. Auf keinen Fall. Er würde niemals seine Familie verlassen, sein altes Haus hergeben, um mit Jesus durch die Wüste zu laufen. Da war Berti ganz ehrlich. Und wenn das gefordert war, dann verzichtete Berti eben auf das Ewige Leben. Das war ihm sowieso immer schon viel zu lang vorgekommen.

„Wer kann denn dann überhaupt das Ewige Leben haben?" fragten einige Jünger sichtlich besorgt.

„Ach", sagte Jesus. „Bei uns scheint so vieles unmöglich. Aber wenn es Gott gefällt, dann wird er sogar einen Elefanten durch das Nadelöhr befördern!"

Die Menschen lachten und die Kinder riefen: „Was ist ein Elefant?" Jesus warf den Kleinen auf seinem Schoß in die Luft und sagte: „Das erzähle ich Euch morgen."

Er hatte es wieder geschafft, eine zutiefst ernsthafte Fragestellung aufzuwerfen, ohne sie so erdrückend werden zu lassen, dass die Menschen den Mut verloren. Selbst der reiche Jüngling kam schon bald wieder und hörte Jesus weiter zu.

Berti dachte über Reichtum und Überfluss nach. Ob der nette Geschäftsführer nachts ruhig schlafen konnte, weil er so viel mehr hatte, als er brauchte? Oder ob er sich davor fürchtete, eines Tages mit weniger Geld auskommen zu müssen?

Berti musste sich solche Sorgen nicht machen. Er hatte immer genug, aber noch nie zu viel gehabt. Er empfand dies als ausgewogen, obwohl er nicht vergaß, dass er zu den Wohlhabenden auf dieser Erde gehörte. Jeden Monat spendete er siebzig Euro für zwei Patenkinder in Südostasien. Das war nicht viel, aber wenigstens etwas.

Aber sein altes Haus verkaufen, um das Ewige Leben zu bekommen?

Auf keinen Fall!

Berti erwachte mit den ersten Vögeln gegen kurz nach fünf. Die Stimmung im Garten war atemberaubend. Die frühen Morgenstunden kannte er durch seine Dienste recht gut. Hier aber im eigenen Garten aufzuwachen, war noch einmal etwas ganz anderes. Niklas lag mit seinem Kopf auf Bertis Bauch. Nils hatte wieder die Haufenstellung eingenommen. Vorsichtig rutschte er aus dem Zelt, stand auf und reckte sich.

Er ging in die Küche, machte sich einen Kaffee und setzte sich dann in einen Gartenstuhl. Neben ihm lag auf einem Tischchen Reinhards Notizbuch. Er blätterte auf die Seite mit dem zehnten Psalm, den er Reinhard vor ein paar Wochen diktiert hatte. Dann fiel sein Blick auf die Seiten dahinter.

Reinhard hatte einfach weiter gemacht.

Vertrauen hatte er mit seiner altmodischen Handschrift über die folgende Seite geschrieben:

Auf dich (Psalm 11)

Ich vertraue auf Dich, Gott.

Mancher rät mir, ich solle davonlaufen.

Denn es gäbe welche, die mir schaden wollen.

Hinter meinem Rücken, so heißt es,

würden sie über mich herziehen.

Was, wenn es stimmt?

Was kann ich tun,

wenn sie mich wirklich

aus der Bahn werfen wollen?

Ich kann auf Dich vertrauen!

Denn Du siehst mich an.

Mit Deinen freundlichen Augen.

Und Du siehst auch die an, die mir schaden wollen.

Du weißt, was richtig ist

und siehst in unsere Herzen.

Am Ende wird sich doch die Liebe durchsetzen.

Und es wird Frieden werden.

Ich vertraue auf Dich, Gott.

Reformaktion

„Kinder, wie die Zeit vergeht", sagte Bertis wohlbeleibte Nachbarin, deren Namen er sich nicht merken konnte. „Wo ist bloß der Sommer geblieben?" „Da sagen Sie was, Frau … äh … aber schön war er doch!" antwortete Berti und winkte freundlich. Was für ein Spektakel. Man sah einfach so zu, wie Millionen von Blättern der Lebenssaft ausging und sich die eben noch kraftstrotzenden Baumanhängsel auf den Weg Richtung Erdoberfläche machten. Erst veränderten sie ihre Farbe und dann trudelten sie eines nach dem anderen zu Boden. Ganz große Glückspilze unter ihnen wurden von Kinderhänden aufgesammelt, gepresst und zu Herbstbildern oder Martinslaternen verarbeitet. Die Pechvögel hingegen wurden matschig und dann zu brauner Pampe auf dem Teer, landeten in der Biotonne, oder wurden von einem dieser unsäglichen Laubsauger (Reinhard nannte sie immer die Geißel des europäischen Herbstes) weggeschlürft. In seiner Straße durften jedenfalls die wenigsten Blätter das machen, wofür sie eigentlich gedacht waren: *Liegen bleiben, einschlafen und zu Erde werden.*

Berti trat eines Morgens vor die Tür. Sein Nachbar Frank kämpfte gegen die Blättermassen in seinem Vorgarten und auf dem Bürgersteig. Das war der Preis für die gigantische Kastanie vor seinem Haus.

„Warum wartest Du eigentlich nicht, bis alle Blätter unten sind und fegst sie dann alle zusammen auf?" spottete Berti.

„Sehr witzig", sagte Frank und stopfte dabei wieder einen Arm voll Blätter in einen Sack. „Nächstes Jahr kaufe ich mir so einen Laubsauger."

„Oh nein!"

Berti schlug die Hände vor dem Gesicht zusammen und in der Tat warten dies ja entsetzliche Aussichten.

Er selbst hatte Glück. Die Blätter fielen bei ihnen zwar in Massen an, aber nur hinter dem Haus. So konnten sie in aller Seelenruhe dabei zusehen, wie wahre Berge entstanden. Man konnte mit Käthe darin herumtollen und irgendwann im Dezember fegte dann auch Berti die allermeisten zusammen und entsorgte sie.

Am 31. Oktober stürzte Niklas morgens in die Küche und brüllte: „Heute ist Hallo Wien! Yeah!"

Er reckte dabei die rechte Faust nach oben hüpfte einmal im Kreis. Reinhard verbarg das Gesicht in seinen Händen und murmelte: „Ich fasse es nicht."

Und dann fuhr er fort: „Heute ist REFORMATIONSTAG, Bürschchen, und sonst gar nichts! Wir feiern, dass Martin Luther im Jahre 1517 verdammt gute Vorschläge hatte.

Dieser mutige Mann hat einen echten Neuanfang geschafft und dabei immerhin aus Versehen die Evangelische Kirche gegründet. DAS ist ein Grund zum Feiern!"

Für ihn als ehemaligen evangelischen Pfarrer war dieser Tag wirklich eine besondere Herausforderung. Früher hatte dieses Geisterfest kein Mensch gefeiert. Aber Jahr für Jahr fanden die Kinder und Jugendlichen mehr Gefallen an gruseligen Verkleidungen und dem Abkassieren von Süßigkeiten an Haustüren. Niklas quittierte dann auch Reinhards Rede nur mit einem kindlichen Schulterzucken und rannte in sein Zimmer, um den Geisterumhang zu holen.

„Der endgültige Verfall unserer Werte", stellte Reinhard weiter resigniert fest. „Als ob es nicht reichte, wenn wir diesen katholischen Sankt-Martins-Kram mitmachen. Und da wird wenigstens noch gesungen und eine ganz passable Ethik entfaltet."

Reinhard konnte sich bei so etwas richtig in Wallung reden. Letztes Jahr hatte er zum Reformationstag kleine Lutherbiografien geschrieben und hundertfach kopiert. Jeder klingelnde Vampir bekam dann einen Schokoriegel, aber eben auch ungefragt eine Lutherbiografie.

„Hier stehe ich und kann nicht anders", hatte Reinhard Martin Luther zitierend zu Nele gesagt, die das alles etwas übertrieben fand.

Berti maß der ganzen Sache mit Halloween keine besondere Bedeutung zu. Er fragte sich nur, was eigentlich passierte, wenn man bei der Frage „Süßes oder Saures" mal *Saures* bestellte. Laut Nils würde man dann verkloppt. Damit hatte Berti keine guten Erfahrungen gemacht und hielt deshalb immer einen großen Vorrat an Süßigkeiten bereit. Als sie vorletztes Jahr am 31. Oktober nicht zuhause waren und demnach auch nicht aufmachen konnten, hatten irgendwelche Spaßvögel das Auto mit Eiern beworfen und mit Mehl eingepudert. Nils fand das wahnsinnig witzig, aber nur, bis er Berti helfen musste, die klebrige Angelegenheit zu entfernen.

Am Abend zogen die Jungs also verkleidet um die Häuser und Nele verteilte bereitwillig an klingelnde Monster Schokoriegel und den Rest Lutherbiografien. Berti und Reinhard gingen in die Kirche, um der lustigen Pfarrerin zuzuhören. Sie hatte immer sehr ungewöhnliche Ideen. Trotz allem nahm sie die ganze Sache aber immer sehr ernst und das verschaffte ihr ein hohes Ansehen.

Heute hatte sie einen ausgehöhlten Kürbiskopf in den Altarraum gestellt und redete darüber, dass man von einem Fest, welches Hohlköpfe zum Symbol hatte, wohl kaum besonders viel erwarten könne. Daher müsse man sich ihrer Ansicht nach über Halloween auch nicht sonderlich aufregen.

Anschließend hielt sie eine beeindruckende Predigt über die Reformation. Sie beschimpfte hierbei nicht die Katholische Kirche, sondern stellte viele gute Gedanken an, was man in der eigenen Kirche heute anders und besser machen könne. Manchmal sei ihr auch danach zumute, ein paar Thesen an die Tür zu nageln oder ins Landeskirchenamt zu stürmen und die Thesen gleich der Kirchenleitung an die Wohl-standsbäuche zu kleben. Es ginge darum, beherzt für eine gute Sache einzutreten. Dabei dürfe man ruhig auch einmal über die Stränge schlagen.

„Wofür geben wir eigentlich das Geld aus? Was sagen wir eigentlich zu vielen dramatischen politischen Fragen? Woran können die Armen noch merken, dass es die Kirche gibt?" rief die lustige Pfarrerin und bekam dabei einen richtig roten Kopf. Reinhard nickte und auch Berti fand, dass sie ihre Sache gut machte.

Am Ausgang bedankten sie sich dann auch für den unterhaltsamen Abend, der sie richtig aufgerüttelt habe. „Spötter", sagte die lustige Pfarrerin, aber das meinte sie nicht böse.

Berti ging früh zu Bett, weil er am nächsten Tag Frühdienst hatte. Da würde er sicher in den frühen Morgenstunden, da es ja der Feiertag Allerheiligen war, jede Menge gestrandete Geister und Vampire mit jugendlichem Leichtsinn nach Hause fahren müssen.

Berti und Caspar fanden sich in einer erstaunlich großen Menschenmenge am Straßenrand wieder. Sie standen vor den Toren Jerusalems, dieser eindrucksvollen Stadt mit der großen Geschichte. Die

Leute hatten grüne Zweige von den Bäumen gerissen, breiteten ihre Kleidung auf dem Weg aus und veranstalteten ein ganz schönes Theater.

„Was ist denn hier los?" fragte Berti, der solche Bilder nur aus dem Fernsehen kannte.

„Sieh doch!" sagte Caspar.

Ein paar Meter die Straße hinauf kam Jesus auf einem Esel angeritten. Das sah seltsam aus. Er hockte etwas zusammengesunken auf dem Tier und schaukelte durch die Menge wie in einem Schiffchen. Die Jüngerinnen und Jünger schlichen mit eingezogenen Köpfen nebenher, als sei ihnen die Sache nicht ganz geheuer. „Hosianna", brüllten die Leute am Straßenrand. Und dann noch allerlei andere Sachen, die Berti nicht verstand. Jesus ließ sich nicht feiern. Er saß mit gesenktem Kopf auf dem Esel und hob hin und wieder die Augen, um den Leuten ins Gesicht zu sehen. Was war hier los? Das Sehnen hatte ganz offensichtlich eine eifernde und nicht mehr zu kontrollierende Form angenommen. Die Menschen schienen völlig aus dem Häuschen und Berti wurde klar, wie nah *Hosianna* und *Kreuzige ihn* beieinander lagen.

Hosianna – das bedeute ja so viel wie *Rette doch* oder *Hilf doch*. Die Menschen waren in echter Seelennot, aber dennoch nicht in der Lage, zu verstehen, was hier gerade geschah. Wie auch?

Jesus ritt durch das Stadttor geradewegs zum Tempel. Vor vielen Jahren war Jesus hier ja schon einmal gewesen, damals als Zwölfjähriger. Und nun? Berti war klar, dass dieser Wanderprediger für die Mächtigen im Land zu einem echten Problem geworden war. Er stellte durch sein schlichtes Dasein ihr gesamtes System in Frage. Das konnten sie auf Dauer nicht hinnehmen.

Jesus betrat den Vorhof des Tempels, stand eine Weile stumm da und schaute sich um. Überall hatten Händler ihre Tische aufgebaut. Es war ein buntes Treiben. Geld wurde gewechselt, Tiere liefen herum. Es ging zu wie auf einer Art Jahrmarkt. Der Tempel und seine eigentliche Bestimmung schienen ohne Bedeutung zu sein. Die Geschäftigkeit und der Trubel waberten um ihn herum. Es war laut und hektisch – wie in einer Kirche, die man zu einer Disco umgebaut hatte.

Und da geschah es. Zum ersten Mal in Bertis Träumen verlor Jesus die Kontrolle über sich. Wütend stürmte er auf die Händler zu. Er riss die Taubenkäfige herunter, stieß die Tische der Geldwechsler um und rief den Priestern zu: „Seht nur, was hier geschieht. Nichts ist Euch mehr heilig. Der Tempel soll ein Haus der Einkehr und des Gebets sein. Und was habt ihr daraus gemacht? Eine Räuberhöhle ist das. Hier geht es wie überall nur um Geld, Geld, Geld!" Die Priester wichen zurück und steckten die Köpfe zusammen. Jesus stand in der Mitte des Hofes und war ziemlich außer Atem. Keiner hatte ihm geholfen oder ihn unterstützt. Viele waren sicher seiner Meinung, aber niemand hatte es gezeigt.

Gerade eben hatte Jesus seine ganz persönlichen Thesen an die Tempeltür genagelt und war dabei mächtig wütend geworden. Ein ganz normaler Mensch war er und doch eben auch alles andere als normal. Tapfer hatte er sich für seine Überzeugung eingesetzt, so als wollte er die Kirche seiner Zeit erneuern, auf einen neuen Weg führen, reformieren.

Berti war träumender Zeuge eines Reformationstages vor zweitausend Jahren geworden. Und er wusste, dass man auch diesem Reformator das Leben ab jetzt zur Hölle machen würde. Es ging Jesus um ein neues Denken, einen neuen Zugang, ein neues Leben. Aber das war hier nicht erwünscht. Krampfhaft wollten die Herrscher an der Tradition festhalten oder besser an dem, was von ihr übrig war.

Berti wachte auf und hatte das Bild des einsamen Jesus in der Mitte des Tempelvorhofes vor Augen. Da hatte er gestanden und nicht anders gekonnt. War es Martin Luther ganz ähnlich ergangen? Nun, den hatte man immerhin nicht gekreuzigt. Als es ganz eng wurde, hatte er Unterstützer gefunden, die ihn versteckten.

In den frühen Morgenstunden des Allerheiligen war es dunkel. Dies passte gut zu Bertis Stimmung. Die Heiterkeit der letzten Wochen war verflogen, seine Träume bedrückten ihn heute. In seinen Dienstrucksack packte er ein paar von den übrigen Süßigkeiten des Halloweenabends. Eine einzige Lutherbiografie lag auch noch auf dem Tisch.

Und wenn morgen die Welt unterginge, würde ich heute noch ein Apfelbäumchen pflanzen. – Dieses Lutherzitat hatte Reinhard als Überschrift gewählt.

Berti wusste auf einmal, was ihn so bedrückte. Seine Traumwelt schien so aussichtslos zu sein. Das Ende am Kreuz war vorgezeichnet. In diese Hoffnungslosigkeit hinein sprach an diesem Morgen Reinhards Lutherbiografie. *Heute noch ein Apfelbäumchen* – war das eine Option oder ein schwacher Trost? War das die naive Hoffnung eines Gutmenschen oder ein Blick über das vermeintliche Verderben hinaus?

Berti steckte die Lutherbiografie ein. Sein Blick fiel auf die Kindertafel an der Küchenwand. Er erkannte Nils´ Schrift. In großen Druckbuchstaben stand da:

Happy Reformaktionstag, lieber Opa.

Und dann hatte er den zwölften Psalm übertragen:

Weinen (Psalm 12)

Hilf mir, Gott.

Ich fühle mich allein.

Es scheinen wenige zu sein,

die noch mit Dir rechnen.

Es ist so viel Lüge.

So viel Betrug.

So viel Heuchelei.

Ich wünschte,

Du würdest die harten Herzen erweichen.

Und die Lügner zur Wahrheit führen.

Und wer angibt, soll verstummen.

Aber es geht den Armen schlecht.

Die Elenden leiden.

Du, Gott, versprichst, zu uns zu kommen.

Es ist ein Sehnen tief in uns.

Nach Dir.

Dein Wort ist klar.

Darum können wir auf Dich hoffen.

Du stehst uns bei.

Wie konnte es sein, dass dieser Psalm genau in diesen Augenblick passte? So als habe Jesus ihn beten können, dort im Tempelvorhof. So als wäre er wie eine Botschaft für diesen dunklen Novembermorgen in Bertis kleinem Leben.

Hatte die Reli-Tante etwa Recht?

Sprachen diese uralten Verse tatsächlich bis in die ganz persönliche und tagesaktuelle Wirklichkeit hinein?

Tischgemeinschaft

Der November eignete sich Bertis Meinung nach hervorragend zum Grübeln. Vor etwa einem Jahr hatten diese merkwürdigen Träume begonnen. Er wusste noch genau, wie er beim Krippe aufbauen eingenickt war und dann diesen erschreckenden Traum vom Kindermord des Herodes hatte.

Was war seither geschehen? Die Träume hatten sein Leben verändert. Gleichzeitig hatte er das Gefühl erstmals einen wirklichen und wirksamen Zugang zur Bibel zu haben. Dieses Buch hatte TATsächlich etwas mit ihm zu tun. Bisher war ihm das immer wie eine Behauptung vorgekommen, die sich in seinem Leben nicht ereignete.

Nun sah er das anders. Er hatte erfahren, dass durch diese irren Träume seine eigene Realität im Zusammenhang mit einem großen Ganzen stand. Er fühlte sich mit den Menschen anders verbunden, ja sogar mit denen, die vor Jahrtausenden diese Psalmdinger verfasst hatten.

Berti war nun überzeugt, dass Gott doch nicht den Überblick verloren hatte. Er glaubte mehr denn je, dass es dieses JA Gottes zu den Menschen wirklich gab und man sich als einzelnes Wesen in aller Freiheit in die so entstehende Gemeinschaft stellen konnte.

Berti fühlte sich nicht mehr fremd.

Und das war wie ein Wunder für ihn. Er wünschte von Herzen jedem solche Träume und wusste gleichzeitig, dass dies nicht nötig war. Andere hatten längst auf viel einfacheren Wegen begriffen, wofür er so viele Jahrzehnte gebraucht hatte.

An einem Sonntagnachmittag stand Nils mit der Kiste voller Krippenfiguren vor ihm.

„Und"? feixte er und zog dabei rhythmisch die Augenbrauen hoch.

Berti lachte schnaufend durch die Nase. Er war ziemlich müde, da er gerade erst vom Frühdienst gekommen war.

„Gleich, okay? Nur noch ein Nickerchen …"

„Na gut, dann renoviere ich erst das Wohnzimmer und mach den Anbau an der Garage fertig", murmelte Nils und stellte die Kiste direkt neben Käthes Körbchen im Flur ab.

Berti setzte sich in den Sessel und sah zu, wie im Garten das letzte Nachmittagslicht immer trüber wurde.

Jesus zog mit seinen Jüngerinnen und Jüngern durch Jerusalem. Er redete nun sehr viel. Seine Worte hatten ihre Leichtigkeit verloren. Er wirkte bedrückt und so, als müsse er viele Dinge noch loswerden, ob die Menschen sie nun begriffen oder nicht. Er erzählte noch viele Geschichten, manche waren schwerer verständlich als früher. Er sprach von Feigenbäumen und Weingärtnern, von Hochzeiten und Jungfrauen. Und sehr viel mahnte er zur Wachsamkeit und kündigte große Bedrängnis an. Das waren schwere Tage und auch die Jüngerinnen und Jünger spürten, dass es so nicht weitergehen konnte. Immer öfter wurde Jesus angefeindet und von Kirchenleuten regelrecht beschimpft.

Schließlich sprach Jesus sogar über seinen bevorstehenden Tod. Er wirkte dabei seltsam entrückt, so als habe er einerseits Angst und sei andererseits bereit, diesen Weg ohne Wenn und Aber zu gehen, weil es das Einzige zu sein schien, das möglich war.

Berti gefiel das nicht. Gleichzeitig wusste er, dass es für ihn rein gar nichts zu tun gab.

Er wusste, dass einer der treuesten Freunde Jesus verraten würde. Er wusste, dass Jesus am Ende allein sein würde. Und er wusste auch – Gott sei Dank – dass der Schrecken dann letztlich doch nicht das letzte Wort hatte.

Jesus stand mit ihnen allen vor einem flachen Haus. Sie traten ein und drinnen war alles für ein einfaches Abendessen gerichtet. *Passa* – die Juden, also auch Jesus, feierten das Ende der Sklaverei der Israeliten unter den Ägyptern. Berti und Caspar blieben im Türrahmen stehen. Die engsten Vertrauten nahmen Platz. Jesus nahm Brot und Wein. Er sprach davon, dass sein Leben mit eben diesen Gaben zu vergleichen sei. Dass er diese Gemeinschaft stiften wolle und sich deshalb ganz in ihren Dienst stelle. Er ermahnte sie, diese Tischgemeinschaft nicht aufzugeben und seine Einladung niemals zu vergessen. Es wurde kaum gesprochen, aber Berti hatte dennoch niemals einer liebevolleren Tischgemeinschaft zugesehen. Man reichte einander die Gaben und es war eine Verbundenheit spürbar, die es so nirgendwo gab.

Das Abendmahl in der Kirche hatte Berti immer als etwas steif empfunden. Nun wurde ihm klar, dass da jeweils Menschen standen, die sich Jahrtausende später an dieses Essen hier erinnerten.

Jesus hatte damals einen Bund erneuert. Er hatte sich selbst für die neue Freiheit der Menschen aufgegeben und war gleichzeitig unsterblich geworden.

Berti konnte nicht aufhören zu staunen.

Caspar zupfte ihn mal wieder am Ärmel.

„Komm, es ist Zeit", sagte er. Sie gingen nach draußen. Caspar fingerte eine Pergamentrolle aus seinem Umhang. „Hier", sagte er. „Nur damit Du siehst, dass ich ein echter Weiser bin."

Berti rollte das Papier auseinander und las:

Hilfe (Psalm 13)

Hast Du mich vergessen, Gott?

Ich kann Dich nicht finden.

Alles in mir schweigt.

Ich fürchte mich.

Werde ich mich verlieren?

Sie mich an, mein Gott.

Lass mich Dich erkennen.

Ich möchte nicht verloren gehen.

Ich möchte nicht zu denen gehören,

die bitter und einsam geworden sind.

Die spotten und lästern und nichts mehr sonst tun.

Durch meine Dunkelheit scheint Dein Licht.

Ich will fest daran glauben.

Du bist ja gnädig, Gott sei Dank.

Ich ahne, dass Du mich nicht verlässt.

Ich werde singen, jetzt, hier.

Von Dir werde ich singen, ja.

„Obwohl er es irgendwann glaubte: Gott hat Jesus nicht vergessen", sagte Caspar. „Und Gott wird uns nicht vergessen. Wir werden singen von dem, was wir erlebten."

Berti schluckte.

„Wo gehen wir hin?" fragte er.

„Es ist Zeit."

„Zeit zum Aufstehen!" quäkte Niklas und hämmerte mit einer der Krippenfiguren auf Bertis Knie. Sie hatten die Kiste direkt vor Berti abgeworfen und einige der Figuren auf dem Teppich verteilt. Berti nahm Niklas die Figur aus der Hand. Es war der Weise, natürlich. Berti musste lachen.

Ganz schön was los in meinem Köpfchen, was? – dachte er.

Er stand auf. Nele hatte das Abendessen vorbereitet. Liebe Güte, er hatte fast zwei Stunden geschlafen.

„Ist der Anbau fertig?" fragte er Nils und setzte sich zu Tisch.

„Penner", antwortete Niklas.

Reinhard faltete die Hände und betete:

„Komm Herr Jesus, sei unser Gast und segne, was Du uns bescheret hast."

„Amen", sagten sie alle. Jede und jeder mit der von Gott gegebenen Stimme. Zum allerersten Mal verstand Berti dieses kleine Tischgebet.

Er lächelte und reichte Reinhard das Brot.

Das gibt's nicht

Viele Wochen später saß Berti hinter seinem Lenker und starrte in die adventliche Dunkelheit. Seit dem Nachmittag im November hatte er alles Mögliche geträumt, aber nie mehr war er Jesus oder Caspar begegnet.

Es war nicht unbedingt so, dass er die Träume vermisste, aber manchmal saß er da, so wie jetzt, zuckte mit den Schultern und hatte das Gefühl, als fehlte etwas.

Warum hatten die Träume an diesem Tisch geendet? War das, was danach kam zu schwer? Schützte sein Gehirn ihn vor Bildern, die er nicht ertragen konnte?

Vor Jahren hatte ihn ein Kollege ins Kino geschleppt, um dort den Film „Die Passion Christi" anzusehen. Das sei doch jetzt echt mal etwas für so einen Christentypen, hatte er gesagt. Berti war nach gut vierzig Minuten so übel, dass er das Kino verlassen musste. Wie da in Zeitlupe und mit dramatischer Musikuntermalung auf den Schauspieler eingedroschen wurde, war zu viel für ihn gewesen. Nein, er musste diese Bilder nicht gesehen haben, um sich vorstellen zu können, wie sehr Jesus gelitten hatte.

Berti schloss die hintere Tür und wollte abfahren. Die Tür sprang wieder auf, das kam öfter vor. Berti drückte noch mal auf den Knopf, dasselbe Spiel. Nach dem dritten Mal legte er den Federspeicher ein, ging nach hinten, löste die Vierkantschrauben der Elektronikplatte über der Tür und wackelte wie immer an dem großen Scartstecker. Das half meistens. Als Berti gerade wieder Platz genommen hatte und die Tür zum vierten Mal schließen wollte, sprang hinten behände noch ein Fahrgast in den Bus. „Da habe ich aber Glück gehabt", rief er, winkte Berti zu und setzte sich ganz nach hinten.

Berti winkte zurück und beachtete den Fahrgast nicht weiter. Der Bus war fast leer. Nur ein junges Pärchen saß noch auf einem Viererplatz weiter vorne. Die Tür schloss und Berti fuhr ab.

Er sah den großen Weihnachtsbaum auf dem Marktplatz und dachte an die Weihnachtswünsche seiner Jungs. Er musste lächeln. Niklas wünschte sich eine Eishockeyausrüstung und zwar eine, wie sie die Torleute trugen. Er hatte das im Fernsehen gesehen und ließ sich nicht von diesem Wunsch abbringen. Nils wünschte sich ein neues Fahrrad. Nina hatte man im

Sommer ihr Handy geklaut, da ergab sich der Weihnachtswunsch von selbst. Und Nora brauchte für ihren alten VW-Polo neue Bremsen.

Für Nele hatte er eine kleine Kommode besorgt, die viele kleine Keramikschubladen hatte. Die würde ihr sicher gefallen.

Und für Reinhard hatte Berti ein kleines Buch vorbereitet. Vorne hatte er die Lutherbiografie eingeklebt und dann die immerhin vierzehn Psalmen mit Hand aufgeschrieben, die sie alle in diesem Jahr allein oder miteinander übertragen hatten. Das Buch hatte noch viele freie Seiten, denn Berti wünschte sich, dass sie in der Zeit, die ihnen noch blieb, alle anderen Psalmen auch noch übertrugen. Er war sicher, dass Reinhard dieses Geschenk gefallen würde.

Berti schaute auf die wenigen Menschen auf dem Platz. Sie eilten dahin und hatten sicher alle ein Ziel und vermutlich auch ein Zuhause. Aber was waren die Ziele der Menschen? Gab es noch so etwas, wie gemeinsame Ziele?

Berti dachte an den vierzehnten Psalm, den Reinhard und er letzte Woche tief in der Nacht übertragen hatten:

Verloren (Psalm 14)

Die Verlorenen murmeln vor sich hin,

dass es keinen Gott gibt.

Keiner traut ihnen.

Was sie anfangen, bringt nichts Gutes.

Gott sieht, er sieht uns alle.

Er wendet sich dem zu, der nach ihm fragt.

Und wartet trotzdem auf die,

die ihn verachten.

Aber keiner will es versuchen.

Merken sie denn nicht,

dass sie auf Kosten anderer leben?

Spüren sie nicht, wie verloren sie sind?

Manchmal, selten, gibt es ein Erstaunen.

Ein Erwachen bei denen,

die sich selbst für Gott halten.

Ja, Gott ist bei denen, die ihn suchen.

Und wer ihn verachtet, läuft in die Irre.

Diejenigen, die heute noch leiden,

auch unter den Fäusten der Gewalttäter.

Sie werden bei Gott Frieden finden.

Darüber wird die Freude groß sein.

Waren wirklich so viele verloren?

Oder konnte dieses Erstaunen und Erwachen nicht immer noch möglich sein?

Dieses Erkennen des Anderen und somit auch das Erkennen Gottes.

Wenn es für Gott möglich war, einem Busfahrer wie ihm einen ganzen Haufen sehr real wirkender Träume zu schicken, konnte er dann nicht auch dieser ganzen Welt die Augen öffnen?

Pling. Der Haltewunsch war gedrückt worden. Berti hielt den Bus so sanft wie möglich an. Der einsame Fahrgast tänzelte durch den Mittelgang bis nach ganz vorne. Berti öffnete die Tür und schaute träumend aus dem Fenster. Der Mann zupfte ihn am Ärmel und sagte: „Schöne Träume …"

Berti drehte sich um. Der Mann war leichtfüßig auf die Straße gesprungen und in der Dunkelheit verschwunden.

So hatte ihn schon einmal jemand am Ärmel gezupft. Berti saß mit offenem Mund da und staunte.

„Das gibt´s doch gar nicht …", stammelte er, schloss die Tür und fuhr ab.

Bei Gott wohnen (Psalm 15)

Gott, bei Dir will ich wohnen.

Mit Dir sein, Tag und Nacht.

Ich möchte gradlinig leben

und bei der Wahrheit bleiben.

Ich möchte nicht lästern

und dem Anderen nicht schaden.

Ich möchte meinen Nachbarn nicht übersehen

und die Benachteiligten nicht vergessen.

Ich möchte mich nicht nur

nach den Erfolgreichen richten

und Dir und meinen Überzeugungen treu bleiben,

auch wenn mir dies schaden könnte.

Ich möchte nicht gierig sein

und nicht auf Kosten anderer leben.

So könnte das Leben gelingen.

Inhalt

Psalmübertragungen

Literaturhinweise:

Bibel, Buch von der Liebe Gottes zu den Menschen,

erschienen in 451 Sprachen in unzähligen Verlagen, 66 Bücher mit 1189 Kapiteln und 31150 Versen.

Die Träume des Busfahrers basieren auf dem Evangelium nach Matthäus und den Psalmen eins bis fünfzehn in der Bibelübersetzung Martin Luthers.

Insbesondere zum Nachlesen ...

Matthäus 2, 16 Der Kindermord

Matthäus 3, 1 Johannes der Täufer

Matthäus 4, 1 Die Versuchung Jesu

Matthäus 5-7 Die Bergpredigt

Matthäus 8, 23 Die Stillung des Sturms

Matthäus 9, 1 Die Heilung eines Gelähmten

Matthäus 12, 46 Jesu wahre Verwandte

Matthäus 14, 22 Der sinkende Petrus

Matthäus 19, 13 Die Kindersegnung

Matthäus 19, 16 Der reiche Jüngling

Matthäus 21, 1 Der Einzug in Jerusalem

Matthäus 21, 12 Die Tempelreinigung

Matthäus 26, 17 Das Abendmahl

Mehr von Martin Kaminski sehen, lesen und hören auf www.martin-kaminski.de

Bei tredition sind außerdem erschienen:

Die Gebete des Busfahrers (1) und

Die Erkenntnisse des Busfahrers (3)

Zeitfracht Medien GmbH
Ferdinand-Jühlke-Straße 7
99095 Erfurt, Deutschland
produktsicherheit@kolibri360.de